Andy Strauß

Kuck dir die Tiere an, wie glücklich die immer sind

Eröffnungsaufforderung

Bitte lesen Sie dieses Buch in der Öffentlichkeit, damit andere Menschen sehen, dass Sie dieses Buch lesen und es sich dann eventuell auch zulegen, weil diese Menschen vielleicht Sie als Person interessant finden und damit dann versuchen, eine Art Gesprächsgrundlage zu schaffen! Das Ausrufezeichen ist an dieser Stelle gerechtfertigt, denn der Hauptsatz der vorherigen Satzkonstruktion ist im Imperativ.
Ich denke bei dieser Aufforderung zum einen an Sie, denn es besteht die Möglichkeit, dass Sie so Ihre Seelenpartner finden, wobei der Plural beabsichtigt ist, denn man muss ja nicht nur einen haben. Zum anderen denke ich dabei an mich, denn als Nischenautor bin ich stets von Obdachlosigkeit und Hungertod bedroht. Das ist relativ schade.
Sie können dieses Buch auch an nichtöffentlichen Plätzen, wie zum Beispiel in Ihrem Bade- oder Schlafzimmer lesen, dann aber filmen Sie sich bitte dabei und schicken Sie mir das Video an estblishmensch@gmail.com. Ich werde mich mit einem persönlichen Gedicht bedanken.

1. Auflage September 2012

Titelgrafik und Grafiken im Buch: Melissa Hötger
Umschlaggestaltung: [D] Ligo design + development
Lektorat: Miriam Spiess
Satz: Fred Uhde (www.buch-satz-illustration.de)

ISBN: 978-3-942920-15-5

Hat Dir das Buch gefallen? Schreib uns Deine Meinung unter:
info@unsichtbar-verlag.de
Mehr Infos jederzeit im Web unter www.unsichtbar-verlag.de

Unsichtbar Verlag | Wellenburger Str. 1 | 86420 Diedorf

Andy Strauß

Kuck dir die Tiere an, wie glücklich die immer sind

UNSICHTBAR
VERLAG

Inhalt

Wenn ich ein Vöglein wär
Und auch zwei Flüglein hätt
Flög ich zu dir…
Gut. Und dann wär ich da.
Und könnte dir einen zwitschern.
Toll.
Und dann?

<><> 1 <><>

Töricht, sagt Karla, und erneut: *töricht.* Beim zweiten Mal gehauchter. Und den Kopf schüttelt sie dabei, was ihre langen blonden Haare durcheinander bringt. Nur ihr Hund und sie selbst haben das gehört und beide sind nicht gemeint. Der Hund nicht, weil er nur ein Hund ist und bisher nur sechs Befehle versteht, nämlich *Sitz!, Platz!, Gassi!, Essen!, Komm her! und Unter den Tisch, verdammt nochmal!* und sie selbst auch nicht, weil, naja, vielleicht doch auch sie selbst. Nicht, dass sie sich selbst hätte töricht nennen wollen, aber sie musste den Gedanken laut aussprechen, um sich selbst zu bestätigen.

Sie legt das BlackBerry auf den Tisch, die Nachricht immer noch geöffnet und die Tastensperre nicht aktiviert. Sie braucht Abstand zur Nachricht, will aber auch die Möglichkeit haben, innerhalb kürzester Zeit danach greifen und sich des Inhaltes rückversichern zu können.

Die große Kuckucksuhr tickt, der Hund kaut, nachdem er kurz aufgesehen hat, wieder an einem Stück Zedernholz herum, seinem Souvenir des letzten Spazierganges. Er bringt immer etwas mit und wenn es ihn irgendwann nicht mehr interessiert, lässt er es liegen.

Die Über-Hausfrau in der Nachbarwohnung macht Rührei mit Speck, der Geruch dringt durch Karlas gekippte Fenster. Unter dem Sofa liegt der Knochen eines Vogels, Hundesouvenir.

Dann klingelt das BlackBerry. Es ist nicht der, den sie töricht nannte. Es ist gar kein *er*, außer ihre Halbschwester hätte ein merkwürdiges Geheimnis.

Hallo Maria, sagt sie.

Der Hund schaut kurz auf, ein Holzsplitter hängt dort, wo ein Ziegenbart wäre, wenn er ein ziegenbärtiger Mann wäre, also unter dem Maul.

Maria erkundigt sich nach Karlas Befinden. Unter der Heizung in der Küche liegt ein Stück einer Serviette, Hundesouvenir.

In den Rühreigeruch mischt sich der einiger im Ofen gebackener Tomaten, wahrscheinlich aus dem Bioladen, vielleicht sogar vom Markt. Karla geht nicht auf den Markt, das Gedränge gefällt ihr nicht und sie hält die Verkäufer für ungepflegt. Es gibt einen Supermarkt, dem sie ihre Lebensmittelbestellungen faxt. Ein Abiturient liefert die Sachen, es kostet gerade mal fünf Euro extra. Sie leistet sich diesen Service gerne. Manchmal gibt sie Trinkgeld, meistens hat sie Sex mit dem Lieferanten, selten ist sie danach befriedigt.

Ihr gehe es ganz fantastisch, sagt Karla. Sie könne nicht klagen, sagt sie. Und lügt.

Sie reden über ihren Vater, tauschen sich darüber aus, was sie über seine im Verfall begriffene Gesundheit wissen. Maria weiß mehr als Karla.

Neunmal schießt der Vogel aus seinem Vogelhaus hervor und sagt *kuckuck*. Er war tatsächlich mal ein lebendiger

Vogel. Jemand hat ihn präpariert, ihm eine Mechanik in den Kopf gebaut, damit sich der Schnabel bewegt und ihn dann in die Uhr eingebaut. Wenn der Hund das wüsste, würde er den Vogel anbellen. Wenn der Hund wüsste, dass er auch nur ein Tier ist, würde er weglaufen, vermutlich. Sich ein Rudel suchen, vielleicht.

Du solltest Dad auch mal wieder besuchen, er vermisst dich, sagt Maria.

Karla schaut den Hund an, der wieder kaut, und schüttelt den Kopf. Sobald sie Zeit habe, sagt sie, dann verabschieden sie sich. Dass der Kaiman jetzt noch einen Fisch bekommt und sie sich dann wohl auch schlafen legt, sagt Maria zum Schluss. Als das Gespräch beendet ist, sieht Karla wieder die Nachricht auf dem Display. Sie ist von mir. Mit *töricht* meinte sie mich und wiederholt das Wort jetzt, mit drei Tränen in zwei Augen.

Dann geht sie ins Badezimmer und öffnet einen der beiden Schränke. Beide billig, dieser mit einem Spiegel an der Tür. Unter ihm liegt ein Fetzen aus Leder, der einmal zu einem Fußball gehörte. In seinen besseren Tagen. Selbstverständlich: Hundesouvenir.

Sie sieht sich dabei zu, wie sie die Tabletten nimmt, beobachtet, wie sich ihre linke Hand voller runder, weißer Erlöser gen Mund bewegt. Die Geste: hundertmal geprobt, mindestens. Dieses Mal aber in echt und nicht für die Bühne.

Der Essensgeruch ist mittlerweile auch im Badezimmer angekommen.

Der Hund bellt ein Geräusch an, das vermutlich nur er selbst hört.

Bald wird sie irgendwo hinfallen und liegen bleiben. Vielleicht wird der Hund mich dann aufessen, wenn ich nicht schnell genug gefunden werde, denkt sie. Vielleicht sollte ich die Badezimmertür schließen, vielleicht mich in die Badewanne legen, denkt sie auch noch.

Ich finde, das Wort *töricht* klingt irgendwie veraltet.

<><> 2 <><>

Stand ich also im Keller dieses Clubs mit der einen Barkeeperin, die immer so scheel schaut. Im Keller, weil dort die Toiletten sind. Einfach in irgendwelche Blumenkübel oder andere Einrichtungsgegenstände des Clubs, manchmal auch in Zuckerstreuer, zu pissen, hatte ich nach vier Jahren Clubleben aufgegeben, die Anzeigen hatten sich gehäuft. Man wird nicht jünger – aber ungeschickter und unvorsichtiger. Wenn es hundertmal gut geht, denkt man sich nämlich, wird es auch wieder gut gehen. Und dann vergisst man, sich noch ein zweites Mal umzuschauen. Dann steht wieder jemand hinter dir und klopft dir auf die Schultern. Und selbst, wenn du beim ersten Mal einfach nur rausgeschmissen wirst, beim zweiten Mal hast du die Anzeige, das ist mal sicher. Also jetzt bürgerlich pissen im unbürgerlichen Metier. Alles ist immer voller Widersprüche. Ich würde niemanden verpfeifen, der in einen Zuckerstreuer pisst. Naja. Kommt drauf an, wie er aussieht. Oder wie *sie* aussieht. Obwohl... Wenn es eine *sie* wäre, würde ich sie ganz sicher nicht verpfeifen, ganz egal, wie sie aussähe. Da mache ich dann einen Unterschied im Geschlecht, obwohl ich sonst eigentlich von mir sagen würde, dass ich kein Sexist bin. In der Arbeitswelt zum Beispiel, da will ich, dass alle die gleichen Chancen haben und auch das gleiche verdienen. Beim Pissen aber: ich Sexist pur. Alles ist voller Widersprüche, immer. Es gibt ja Menschen, die sich anpissen, wenn sie mit Menschen anderen Geschlechtes in einem Raum pissen sollen. Ich habe kein Problem damit, wenn ich mit einer Frau in einem Raum pissen soll, zumindest nicht, wenn ich die Frau kenne. Wenn ich sie nicht kenne, piss ich mich vielleicht doch an, kann ich nicht sagen, kam bisher nicht vor. Eventuell doch, aber dann habe ich es vergessen. Ich habe schon viel vergessen. Wenn allerdings fremde Typen mit mir in einem Raum pissen, dann ist mir das egal, stört mich nicht die Bohne. So war es auch in dem Keller. Da störte mich der dritte Typ, den ich nicht kannte, nicht die Bohne. Und Logo störte mich auch nicht, logisch. Logo ist eigentlich Lothar Gomringer und einer meiner Appendixen, wenn es so einen Ausdruck gibt. Angehängsel könnte ich auch sagen. Oder: einer meiner Gang. Freund, vielleicht. Feind, ganz sicher nicht. Bekannter, auf jeden Fall. Nennt mich, wie die meisten: Stäbro. Bürgerlich: Stefan Brommer. Wir clubbten also und wie die Freundinnen gingen wir zusammen auf Klo. Und während ich laufen ließ, ohne zu übertreiben: wie ein Stier, erzählte ich ihm von der einen da. Lockige dunkle Haare, ein Körper wie *hastenichgesehen*, mit Engagement am Staatstheater, spielt gerade in einem Stück eine Lola, die einen Bernhard liebt und in einem anderen eine sprechende Kerze. Logo daneben, Penis in der einen, Paderbornerdose in der anderen Pfote, wahrscheinlich genervt von meinen Ausführungen. Allerhöchstwahrscheinlich, weil er nicht übertrumpfen konnte. Grund: Punkerwoche. Hatte nämlich festgestellt, dass er zwanzig Jahre vorher Punk-entjungfert worden war, sprich: zum ersten Mal auf einem Konzert (Rostock. Mau Club. Bands: Mad Slaughter, Twirl, Damian Breed und Dritte Wahl) Pogo tanzte, Dosenbier trank und merkwürdigerweise einen Typen mit Kajal um den Augen knutschte. Als Reminiszenz an die gute, alte Zeit also jetzt eine Woche lang das volle Programm: nicht duschen, kein Klamottenwechsel, Patschuli en masse, Dosenbier und betteln in der Stadt. Als Bankangestellter. Mach das mal. Gut, er hat Urlaub dafür beantragt, aber immerhin. Und, was machen Sie im Urlaub?, soll sein Chef gefragt haben. Den Feind ausspionieren, hat er geantwortet, sagt er. Glaube ich ihm aber nicht. Vielleicht schätze ich ihn auch falsch ein, konsequent wie er seine Punkerwoche durchzieht.

Auf meine Ausführungen auf der Toilette jedenfalls antwortete er nicht. Nur die Spülung der Sitztoiletten hinter Sperrholzwänden kommentierte mit *zwusch*. Benutzt von einer Person, die sich wohl unwohl fühlte, in Gesellschaft zu pissen. Vielleicht nur unwohl, in der Gesellschaft vom gleichen Geschlecht, beziehungsweise von Fremden gleichen Geschlechtes. Vielleicht homosexuell. Obwohl, doch eigentlich ein guter Ort, um zu gucken, was die anderen so haben. Vielleicht: kleiner Penis und Scham. Sicher: mir egal. Wahrscheinlich hätte ich nicht mal hingeschaut. Obwohl, eigentlich schaue ich schon ganz gerne. Statusabfrage, quasi. Man will ja immer wissen, wo man so steht. Auf einer Skala von eins bis zehn, wie toll ist Ihr Penis?

Dann kam doch noch was von Logo. Aber nicht zum Thema. Fuck, sagte er. Ich glaube, ich habe in mein Bier gespüttert. *Zwusch* sagte eine andere Klospülung, oder dieselbe. Nicht alles spielt eine Rolle.

Als ich ihn anguckte, nahm er gerade einen großen Schluck aus der Dose. Definitiv, sagt er und leert den Rest in einem Zug. Sehr konsequent, lobe ich ihn und finde ihn ekelig. Voller Widersprüche immer alles.

Das war also um kurz vor Mitternacht. Sicher, weil kurz danach die Durchsage kam, alle Minderjährigen hätten den Club jetzt zu verlassen. Was Unsinn ist. Wenn du unter einundzwanzig bist, lassen die dich an der Tür gar nicht durch. Der Veranstalter findet die Durchsage aber witzig und der Gastronom sinnvoll. Denn die Älteren werden dann angeblich ausgelassener. Hatte er mal versucht mir zu erklären, als ich Flyer von ihm abholte, um sie zu verteilen. Als Wiedergutmachung für mein Pissen hinter einen Basslautsprecher, anstelle einer Anzeige. Kurz bevor ich damit aufgehört habe. Tat damals so, als hätte ich Probleme mit dem Bein und würde humpeln, sagte, ich käme die Treppen nicht vernünftig runter. Darum: etwas Mitleid. Friedensangebot: Flyer verteilen. Trotz des kaputten Beines?, hatte er gefragt. Ja, ist in ein paar Tagen wieder in Ordnung, kommt vom Fußball. Gastronomen lieben Fußball, es ist auch für sie ein ertragreiches Geschäft. Alles richtig gemacht, an jenem Abend zumindest. An diesem nicht, anscheinend. *Töricht*, wie Karla sagen wird, später. *Veraltet*, wie ich finde werde. Aber so weit sind wir noch nicht.

Und weil es kurz vor Mitternacht war, zog es mich an die Bar. Sie machen bessere Preise vor Mitternacht, um die Leute zu animieren, vor Mitternacht zu kommen. Macht ja sonst keiner. Pegel zu Hause erhöhen ist günstiger. Logo war die Bar egal, dieses Mal. Er hatte genug Bier im Rucksack. Glück für ihn: Der Türsteher hatte einen Kredit bei ihm abgeschlossen. Ergo: keine Durchsuchung des Gepäcks, trotz optischer Erscheinung. Motto-Party, hatte

Logo sich gerechtfertigt und das typische Bankerlächeln aufgelegt. Und dann, an der Bar, als die Kellnerin mich so scheel wie eh und je anlächelte, fand ich mich plötzlich unglaublich dumm.

Gin Tonic oder Pils?, fragte sie, weil sie wusste, dass ich eines von beidem nehmen würde. Und von weiter hinten auf der Tanzfläche lächelte das Löckchen in meine Richtung, nicht scheel, aber im blauen Lichtkegel des Scheinwerfers irgendwie kühl und weniger attraktiv als vorher.

Eigentlich, dachte ich, hätte ich in einen verdammten Einrichtungsgegenstand pissen sollen. Und aus den Boxen ein episches Lied von Deadmau5. Und ein Lächeln von mir zur Lola-Darstellerin. Wodka Energy, sagte ich, ohne die Scheele anzuschauen. Vielleicht: unhöflich. Sicher: magenschonender. Das Auge säuft mit, ist deshalb meist als erstes betrunken.

Vielleicht in den Sektkübel, in dem sie hier die Eiswürfel aufbewahren, dachte ich. Einfach auf die Theke stellen und laufen lassen.

Right this second, genau wie der Song heißt. Nur dass er keinen Text hat. Man muss den Song kennen um zu wissen, wie er heißt. Höflich. Drängt seinen Namen nicht einfach auf. Aber: Wenn man sich in den Rhythmus vertieft, kann man den Titel fühlen. Empathischer Umgang mit der Musik. Und so, wie die Darstellerin der Lola sich bewegte, fühlte sie das. Genau diese Sekunde. Oder sie hat im Tanzunterricht auf der Schauspielschule aufgepasst.

Dann verschwand sie hinter einem Paar, dass die Sekunde auch nutzte. Genau diese Sekunde. Knutschings on the Dancefloor.

Natürlich wäre das das Gegenteil von unauffällig gewesen, der Sektkübel. Ich glaube, ich hab in euer aller eisgekühlte Longdrinks gespüttert, hätte ich gesagt. Logo hätte probiert und gesagt: definitiv, dann in den Kübel gegriffen, um an einem neuen Eiswürfel zu lutschen. Und das hätte ich dann nicht ekelig gefunden, denn: wäre ja meine Pisse gewesen. Nicht seine. Dabei ist seine Ernährung vermutlich besser als meine, sein Urin von der Zusammensetzung her wahrscheinlich qualitativ hochwertiger, gesünder. Aber es ist eben *seine* Pisse. Immer voller Widersprüche, alles. Auch, dass mir dann die fremdgeschlechtlichen Fremden völlig egal gewesen wären. Mehr als das. Sie wären sogar erwünscht gewesen. Und ich wäre rausgeflogen, garantiert: mit Anzeige. Aber das ist derzeit schlichtweg egal. Seit dem Vormittag des Tages.

<><> 3 <><>

Da war nämlich Folgendes. Ich war aufgestanden, um zehn. Nicht exakt, aber so um den Dreh. Mein Wecker geht oft falsch, nur die Richtung ist unbekannt. Natürlich wollte ich nicht schon um zehn aufstehen, aber ich hatte es satt. Nicht das lange Schlafen, sondern den Fuß. An meinem Körper unten rechts, diese Gehplattform. Die ist an sich ja ganz in Ordnung, stell dir dich selbst mal ohne Füße vor. Nein, Fuß ist okay, ganz cool sogar. Aber eben nicht nur für den Besitzer, manchmal.

Man kann mir nicht vorwerfen, unsportlich zu sein, ich mache nur eben kaum Sport. Aber ich schwimme, meist so zweimal die Woche, nachmittags. Wahrscheinlich schon mehr Sport, als die Mehrheit. Und ich sage ja immer, dass ich Hallenbäder nicht mag. Im Sommer immer im See, aber nun war ja noch kurz vor Frühling. Also Hallenbad, für das gute Gefühl, sich bewegt zu haben.

Schön am Schwimmen: Haut, Bikinis, Badeanzüge, Anblicke, Einblicke, Blickkontakte.

Dafür Notwendig: andere Personen.

Schlecht am Schwimmen: andere Personen.

Hauptsächlich natürlich die Typen. Ich will nicht sagen, dass ich ein Sexist bin, aber schon doch zumindest sexuell. Und da sehe ich nun mal lieber die Ladies. Und: Je weniger Haie im Karpfenteich, desto mehr Futter, wenn auch nur psychologisch. Aber auch Ladies können schlecht sein, beim Schwimmen, ohne jetzt auf Optik einzugehen. Und dann auch nicht alles an ihnen, sondern nur die Füße. Oder die von Typen. Wenn diese Füße nämlich gut sind, aber nicht nur für sie selbst, sondern auch für Pilze. Und wenn dann der eigene Fuß sogar noch besser für diese Pilze ist und die sich dann sagen, guck, der Fuß, den nehmen wir doch viel lieber... denn, wenn die das sagen, dann machen die das auch. Pilzchen, Pilzchen, du musst wandern, von dem einen Fuß zum andern. Tja. Und dann hast du die Scheiße am Hals, also, die Pilze am Fuß.

Wenn das jetzt Champignons wären, die einfach so wachsen und irgendwann rupft man sie runter und hat einen Snack. Gut. Sind sie aber nicht. Eigentlich sieht man sie gar nicht, sie machen einfach Blasen und jucken. Und natürlich denkt man, dass das schon wieder wird. Wie ein Pickel halt. Der ist da, kurz zu Besuch, wie ein Camper, schlägt auf deiner Haut sein Zelt auf, dann ist sein beantragter Urlaub vorbei und er verschwindet wieder, muss wieder arbeiten oder was. Vielleicht in der Pickelfabrik, neue Vanillesoße produzieren, über dem Fließband hängen und beruflich raussuppen lassen oder in der Qualitätskontrolle von Pickelhauben oder was nicht alles. Also, wenn Pickel bisher die einzigen Besucher deiner Haut waren, dann denkst du dir natürlich: Der Pilz haut schon wieder ab. Also dachte ich: Der Pilz haut schon wieder ab.

Und du lässt ihn also in Ruhe. Aber der Pilz sagt sich, klasse. Denkt sich, dass er wohl willkommen ist und fängt an, zu siedeln. Natürlich fängt er an zu siedeln, hat ja keiner was gesagt, von wegen, dass er nicht willkommen ist. Und wo gesiedelt wird, da wird auch das Land, in dem Falle die Haut, bearbeitet. Schlecht: juckt und sieht scheiße aus. Gut: gar nichts, nada, niente.

Aber dass das so ist, mit dem Siedeln, muss einem erstmal klar werden. Als das bei mir der Fall war, sah der Fuß schon sehr verändert aus. Auf einer Skala von eins bis zehn, wenn eins ist: alles normal, Fuß sieht aus wie Fuß und zehn ist: *läufst du seit neustem auf einer Sardellenpizza oder was rankt dir da unten aus dem Bein?*, dann war mein Fuß etwa fünf. Also die Mitte zwischen Sardellenpizza und normaler Fuß. Und das ist schon relativ unnormal. Garniert mit dem Jucken hatte ich das wirklich satt.

Wenn du dich mit jemandem, den du nicht kennst, unterhältst, dann wohl kaum über deinen Skala-5-Fuß. Deswegen ist es gut, dass ich Boschu, der eigentlich Boris Schulz heißt, gut kenne. Sonst hätte ich ihm nicht von meinem Fuß erzählt. Zum Arzt du musst, sagte er. Wenn er Tipps gibt, verstellt er seine Stimme und redet wie Meister Yoda. Ich finde das nicht witzig, aber hilfreich. Boschu generell: merkwürdiger Typ. Merkwürdig und liebenswert, zudem kein Bankangestellter. Man könnte sagen, er arbeitet bei Harzt IV und macht freizeitlich gewinnbringende Geschäfte im Internet. Verkauft Sachen, die er auf dem Sperrmüll findet. Nebenbei ist er Züchter, kann man so sagen. Man weiß nicht genau, was er züchtet, aber wenn man sich seinen dichten Bart anschaut, wird man von der Bewegung in ihm hypnotisiert. Irgendwas ist da. Er verrät nicht welchen, aber er gibt dort Tieren ein Zuhause. Wenn ich ihn treffe, schaue ich ihm zwar ins Gesicht, schiele dabei aber an ihm vorbei. Man muss nicht alles sehen, besser für den Magen. Noch merkwürdig an ihm ist sein iPhone. Da er den Hauptteil seiner Freizeitarbeit mit diesem erledigt, ist er irgendwann dazu übergegangen, die Tastensperre zu entriegeln, indem er seinen Penis über den Bildschirm gleiten lässt. Die Arbeit ficken du musst, sagte er dann. Was ich doch ein bisschen witzig fand.

Dann hatte er diesen Fauxpas, ich war live dabei. Wir: Party im Club. Stimmung: wild. Ich: an einer Blonden dran, Schauspielerin mit Festanstellung, spielte gerade in einem Stück eine sprechende Kerze und in einem anderen eine Jenny, die ein Huhn verschenken möchte. Naja, und Boschu halt betrunken wie ein Boschu halt betrunken ist. Etwas tapsig, unumsichtig. Jedenfalls war ihm wohl auf dem Weg in den Keller, weil pissen, das iPhone die Stufen runtergeknallt. Unten wollte er dann nachschauen, ob es dem Telefon noch gut geht, also öffnete er die Tastensperre mit dem Penis. Eigentlich wie immer. Nur: Das Display hatte einen Schlag wegbekommen, gesprungen und gesplittert. Und über eben diese gesplitterte Scheibe zog er nun seinen Penis und gab dann Laute von sich. So in Richtung: aua, aua, uiuiui, scheiße. Naja. Jedenfalls hat er deswegen Erfahrung mit Hautärzten und mir einen empfohlen. Den ich dann wegen dem Fuß anrufen wollte. War er nun aber im Urlaub. Rief ich also bei der Vertretung an. Frau Doktor Winnegrette. Und da gab es dann einen Termin und der war so verdammt früh, nämlich elf. Ich stand also rechtzeitig auf und hin da.

Logo lag noch auf der Holzbank im Garten unter Zeitungen, draußen schlafen wegen Punkerwoche. Obwohl es sein Haus ist und ich nur der Untermieter. Kurz begrüßt und ab zur Praxis. Dort: Anamnesebogen ausgefüllt, im Wartezimmer das Ticken der Uhr mitgezählt und ohne Aufmerksamkeit eine Zeitschrift durchgeblättert. Bei neunhundertzwanzig stach mir eine Werbeanzeige ins Auge. Abnehmen auf natürliche Art. Ohne Nebenwirkungen. Ein Bild mit grünen Pillen. Schwimmen ist natürlicher, dachte ich. Aber der Nebenwirkungen wegen saß ich jetzt im Wartezimmer. Bei eintausendzweihundertsiebzehn öffnete sich die Tür. Mann mit Verbänden an Händen trat ein, sagte Hallo, hängte seinen Mantel auf. Schaute auf und nickte. Nicht mehr alleine im Wartezimmer. Ich zählte weiter. Mann kratzte sich an den Händen und saß weit genug von mir entfernt. Ein Werbepartner der Zeitschrift möchte mir eine Box schicken, in die ich meine Füße tauchen soll, um aus dem Abdruck passgerechte Sandalen zu machen. Der Mann atmete lauter als die Uhr. Zählte nicht mehr das Ticken, sondern das Einatmen des Mannes. Irgendwas muss ich immer zählen, wenn ich in Arztpraxen sitze. Fing bei eins neu an. Ob der Pilz sich wohl auch in dem Karton festsetzt? Ob der Mann beim Sandalenhersteller arbeitet und einen Pilz geschickt bekommen hat, der sich an seinen Händen festgesetzt hat? *Bei Nichtgefallen Geld zurück*, las ich. Es wäre ein Arbeitsunfall gewesen. Zweihundert Atemzüge später kam ein Kopf in den Raum. Herr Brommer?, fragte er. Ich stand auf.

Dann sitzt mir Frau Winnegrette gegenüber. Erst ein bisschen Small Talk. Sie ist erstaunlich schön und kaum älter als ich. Ihr Ausdruck: flirty, ich bin mir sicher. Eindeutige Kopfhaltung und Gesten. Sich blonde Strähnen aus dem Gesicht wischen. Im Gespräch Einigkeit über: zu unzuverlässige Nahverkehrsmittel, Überflüssigkeit von Kernenergie, die Trendfarbe des kommenden Frühlings (dunkles Türkis), die hohe Qualität des neuen portugiesischen Restaurants und die Penetranz der Flyerverteiler all der kürzlich aus dem Boden geschossenen Tapas-Restaurants.

Uneinigkeit über den Abwechslungsreichtum des Nachtlebens. Finde es nämlich nicht sehr abwechslungsreich. Sie schon. Gehe aber auch nicht so oft aus. Auch Uneinigkeit über die Sache mit dem Stück am Theater, das ständig umbesetzt wird. Sie: zufällige Pechsträhne, logisch, Medizinerin. Ich: Es folgt einem bestimmten Muster, logisch, Mitwisser.

Beim Schwimmen eingefangen, sage ich dann, als wir beim Grund meines Besuches ankommen. In der Dusche vermutlich und dann verschleppt. Weil: erstes Mal.

An der Wand: eine Grafik, die den schematischen Aufbau der Haut zeigt, mit Epidermis und Horn und alles. Highlight der Praxis: ein wohl italienisch designter Tacker, so noch nie gesehen. Wirklich schön, formvollendet, wie die Besitzerin, zudem glänzend schwarz lackiert.

Das kriegen wir schon wieder hin, ich schreibe Ihnen zwei Salben auf, sagt sie. Eine gegen den Pilz und die andere gegen die leichte Entzündung, die sie an den Bernsteinkrüstchen, wie sie sagt, ablesen könne. Der Drucker druckt ein Rezept. Frau Winnegrette wirkt traurig, dass ich meine Socken wieder anhabe. Auch ich will noch nicht wirklich gehen.

Wann hast du denn das letzte Mal Hautkrebsvorsorge gemacht?, fragt sie. Rettender Strohhalm und schon sind wir per du.

Noch nie, sage ich.

Solltest du aber.

Sollte ich vielleicht.

Warum nicht gleich jetzt?

Ja, warum eigentlich nicht gleich jetzt?

Na, dann zieh dich mal aus.

Ganz?

Wenn du überall Melanome hast, dann besser ganz.

Klar hab ich!

Während ich mich ausziehe, lehnt sie sich in ihrem Bürostuhl zurück und genießt anscheinend die Show. Ihre Zunge streicht sich über ihre Lippen. Dann bin ich nackt.

Wann hast DU eigentlich das letzte Mal Hautkrebsvorsorge gemacht?, frage ich. Kurz darauf sitzt sie nicht mehr auf dem Bürostuhl, sondern auf mir. Eine ganze Weile wird der Mann mit den Verbänden noch atmen müssen, denke ich.

Nach dem Intermezzo steht die Besichtigung meiner Flecken auf der Haut an. Verdammt, sagt sie und schaut besorgt. Dann, dass da noch mehr sein muss. Was so klein und harmlos aussieht, ist anscheinend ganz, ganz schlecht. Irgendwie weint Frau Winnegrette, als ich die Praxis verlasse. Mit den verschiedensten Überweisungen in der Hand. Jetzt muss noch mehr gecheckt werden, sagt sie noch.

Wurde dann auch. Ärztemarathon nach einem Mittagessen. Und was soll ich sagen, es ist nicht nur die Haut. Die Lunge ist okay, aber ein Internist findet Darmkrebs. Genetische Disposition? Null. Vielleicht bin ich adoptiert. Mir wird noch ein Monat mindestens versprochen. Zu spät für Chemo. Ich dachte, der Durchfall wäre einfach nur ein Lifestyleproblem. Maximal zwei Monate, ergänzt der Internist und gibt mir eine weitere Überweisung. Psychologische Betreuung. Dem Müll der Stadt hinzugefügt, neben eine zerbrochene Bierflasche geworfen. Die auch von mir kam. Ich habe einen final countdown. Also abends wieder in den Club, tun, als wenn nichts gewesen wäre. Aber in den Sektkübel hätte ich pissen sollen, langsam wie die Mühlen der Justiz malen. Bis zum Urteil wäre ich tot gewesen. Und sehr gut: Rezepte für Morphium. Endlich wieder so unbeschwert und fatalistisch wie damals als Jugendlicher. Es gibt Schlimmeres. Alt werden, zum Beispiel, und weise. Denn Weisheit macht auch nur Probleme. Guck dir Tiere an, wie glücklich die immer sind.

<><> A <><>

Peter Salmiak genießt die Gleichzeitigkeit, mit der sich fast alle Türen des Zuges schließen, das kollektive Klacken, welches zu einem gemeinschaftlichen *Rumms* wird. Nur eine bleibt geöffnet. Es ist die Tür, durch welche die Zugchefin den Zug verlassen hat. Dann hält sie ein Anzeigetäfelchen nach oben, tätigt einen schrillen Pfiff mittels ihrer Pfeife und steigt zurück in den Zug, der sich wenige Sekunden darauf gen Norden in Bewegung setzt.

Peter trägt einen schwarzen Anzug und eine Sporttasche. Bis der Zug vom Horizont geschluckt wird, schaut er ihm nach, dann holt er den Zettel aus der Innentasche seines Sakkos und lernt die aufgeschriebene Adresse auswendig. Er will routiniert wirken, wenn der dem Taxifahrer seine Destination mitteilt.

Eben diese Routine wird ihm zum Verhängnis, denn es stellt sich raus, dass der Zielort zu Fuß in weniger als fünf Minuten zu erreichen gewesen wäre. Der Taxifahrer kocht vor Wut unter seinem Turban, als er erfährt, für so eine kurze Strecke den durch mindestens eine Stunde Wartezeit erkämpften Platz an erster Stelle aufgegeben zu haben – am Ziel zeigt das Taxameter einen Betrag von gerade einmal drei Euro sechzig. Dass er kein Rückgeld auf den Zwanzigeuroschein fordert, weiß den Kutscher dann aber zu beruhigen. Überhöflich wird ihm die Sporttasche aus dem Kofferraum zugetragen und ein guter Tag gewünscht. Er hatte sich nicht bis ganz an sein Ziel fahren lassen, sondern eine neun Nummern entfernte Hausnummer angegeben. Es geht niemanden etwas an, wohin er möchte. Niemanden!

Sein Ziel befindet sich auf der anderen Seite der Straße, die er aufgrund nur mäßigen Verkehrs ohne Probleme und Ampel überqueren kann. Das Schild des Geschäftes an bereister Adresse würde altersbedingt flackern, wenn es aus Neonröhren bestünde, so aber schaukelt es nur rostquietschend im Wind. Fette, weiße Lettern bilden die Aufschrift »GERBERS« an des Schaufensters Glas, darunter in kleiner »*Zinnartikel* *Gravuren* *Pokale*«. Letztere sind in großer Stückzahl durch das Schaufenster zu sehen. Bevor er das Geschäft, welches in einer eher grauen Hauszeile liegt, betritt, wird die Auslage einer eingehenden optischen Begutachtung unterzogen.

Herr Gerbers, seit vierundzwanzig Jahren Besitzer und einziger Angestellter des Geschäftes, misst gerade mal anderthalb Meter und wirkt nervös, als der Mann im Anzug sein Geschäft betritt, dennoch versucht er sich ein Lächeln in die Mimik zu quälen.

»Wie schnell sind Sie?«, fragt der Eingetretene den kleinen Mann, welcher, von der Frage überrascht, darauf spontan keine Antwort zu geben weiß und lediglich mit Schulterzucken reagiert.

»Sagen Sie schon, wie schnell können Sie mir etwas in einen Pokal gravieren?«, fragt Peter Salmiak erneut, dieses Mal mit einer markpenetrierenden Bestimmtheit, die Herrn Gerbers innerlich schaudern macht und in ihm einen Hügel der Antipathie aufschüttet. Solch einen Kunden hatte er noch nie und solch einen Kunden möchte er auch nicht haben. Noch bevor er aus seinem frischen Gram eine Antwort formen und servieren kann, liegen plötzlich zwei magentarote Fünfhunderter auf dem Verkaufstresen, ein für diesen Betrieb ungewöhnlicher Farbkleks. Zwei Fünfhunderter, solch einen Kunden hatte er noch nie und solch einen Kunden hatte er sich immer gewünscht, wenn auch, ohne das zu wissen. Zweitausend Mark, denkt er, »zwanzig Minuten«, sagt er – und das, obwohl er sich bis dato immer eine Nacht zum Gravieren Zeit gelassen hatte. Zwischen neun und siebzehn Uhr nehme ich Aufträge an, die Arbeit mache ich in der anderen Zeit, hatte er sich immer gesagt. Aber tausend Euro sind tausend Euro und, nur mal angenommen, dass der dubiose Kerl im Anzug nicht mal eine Quittung möchte, dann bleiben tausend Euro sogar tausend Euro, ganz ohne fiskalen Beschnitt. Ein Handschlag besiegelt den großzügigen Deal. Der Pokal, den sich Peter Salmiak aussucht, ist von vierzig Zentimetern Höhe und in schlichtem Silber gehalten, die Spitze des Deckels ziert ein stilisierter Tennisschläger. *Großes Turnier der Meister* kommt in die erste, *2011* in die zweite und *1. Platz* in die dritte Zeile befiehlt der Kunde wenig lebhaft. Seine dabei an den Tag gelegte dezente Schüchternheit steht im krassen Gegensatz zur restlichen, doch sehr bestimmten Erscheinung. Herr Gerbers nickt und geht zur Eingangstür seines Geschäftes. Bevor er den Schlüssel von innen in das Schloss steckt, dreht er sich noch einmal zum Kunden um und hebt zu fragen an: »Es stört Sie nicht, wenn ich kurz …?«

»Es ist mir nur recht«, antwortet der dubiose Auftraggeber, ohne den Handwerker ausreden zu lassen. »Ich habe hinter meinem Verkaufstresen einen Stuhl, er ist nicht so gemütlich wie ein Sofa, aber Sie können sich darauf niederlassen, während ich die Gravur hinten in meiner Werkstatt anfertige«, sagt der Handwerker. Im gegenseitigen Einverständnis wird sich zugenickt und die Eingangstür abgeschlossen. Dann verschwindet Herr Gerbers durch eine schmucklose Holztür, wie man sie in jedem Baumarkt findet, in ein Hinterzimmer, aus dem kurz darauf Gerätschaften schrillen Lautes von stattfindender Gravurarbeit berichten.

Peter Salmiak kramt unterdes sein schwarzes Moleskine Notizbuch aus der Sporttasche, schlägt eine noch nicht beschriftete Seite auf und beginnt mit einem schwarzen Fineliner eine kleine Zeichnung. Zunächst lässt er zwei große, leicht ovale Kreise zwei Augen formen, in deren Inneren er wiederum jeweils einen den vorherigen Kreis fast ganz ausfüllenden Kreis malt. Das Innere dieser inneren Kreise füllt er gänzlich und akribisch mit der schwarzen Farbe aus. Nun schaut ihn das Blatt großen, herzerweichenden Blickes an. Mit unsauberer Linienführung malt er um diese Augen den Körper einer Eule, in dessen Mitte er eine freie Fläche lässt, in etwa dort, wo sich der Bauch befindet. An die Seiten zeichnet er Schraffuren, die Federn andeuten sollen, es aber nicht wirklich tun – sie wirken einfach, wie das, was sie sind – nämlich ungeordnete, wirre Striche. Unterhalb der Augen zeichnet er ein gleichschenkliges Dreieck, dessen spitzer Winkel nach unten zeigt und das, nachdem er eine Verbindungslinie vom Mittelpunkt der Hypotenuse bis in den spitzen Winkel gezeichnet hat, einen Schnabel darstellt. In die spitzen Ohren, die eine Eule vermutlich gar nicht hat, ich wüsste es jedenfalls nicht genau, malt er ebenfalls jeweils ein spitzes, gleichschenkliges Dreieck, dessen kurze, untere Seite jeweils keine gerade Linie, sondern eher ein gebogener Strich ist.

Nach dem Anfertigen der beschrieben Zeichnung nimmt er das Notizbuch in die Hand, hält die Zeichnung so weit, wie es die Länge seiner Arme hergibt, von sich weg, und prüft ihre Wirkung aus dieser Entfernung. Dann schnäuzt er sich die Nase nach innen, zieht sich wie ein Kokser, der gerade eine kleine weiße Straße in seinem Kopf verschwinden lassen hat, die freie, linke Hand vom Handgelenk bis zum Daumennagel unter seinen Nasenlöchern entlang und kichert einmal unangebracht. Nur drei Minuten benötigte er für das Anfertigen der Zeichnung und deren Begutachtung. Die restliche Wartezeit über verharrt Peter Salmiak alleine in seinem Kopf und sinniert über den Vorteil und die Ästhetik von Glasbauten im Vergleich zu Stein-, Holz- und Betonbauten und mehrmals kratzt er sich an diversen Stellen seines Körpers. Es ist der Ausschlag, denkt er jedes Mal, wenn er sich kratzt. Die gottverdammte, unsichtbare Krätze, die ihm noch nie jemand geglaubt hat. Aber er ist von diesem Ausschlag überzeugt. Allein mit der Einschränkung, dass der Ausschlag eben nur dann da ist, wenn die ausgeschlagene Hautpartie von Kleidung bedeckt ist. Entfernt er diese Kleidung, wird die Haut blitzeschnell wieder rein und babypopogleich. Alle Bauten sind besser als Glasbauten, denkt er sich dann, denn in ihnen benötigt man keine Kleidung. In Glasbauten kann jeder einen Blick von innen vorherrschender Nacktheit erhaschen. Ein Glasdach wäre vielleicht ganz gut, denkt er, aber nur, wenn man nicht unter einer wichtigen Flugschneise wohnt. Dann erscheint Herr Gerbers wieder im Laden, den fachmännisch beschrifteten Pokal in seiner linken Hand und die beim Gravieren getragene Schutzbrille aus Hartplastik noch auf der Nase.

»Wollen Sie tauchen gehen?« fragt da Peter Salmiak, der noch nie gut in Humor gewesen ist und der Pokalverkäufer schüttelt nur abwiegelnd seinen Kopf.

»Brauchen Sie eine Quittung?« fragt hingegen Herr Gerbers, der noch nie gut im Reagieren auf Humor war, egal wie gut oder schlecht dieser ist, und der Pokalkäufer schüttelt nur abwiegelnd seinen Kopf. Wie einfach doch Kommunikation wäre, wenn jeder auf jede Frage einfach nur abwiegelnd den Kopf schüttelte.

Nachdem er den Pokal in seiner Sporttasche verstaut hat, verlässt Peter Salmiak das Geschäft. Wieder auf der Straße verspürt er ein dringliches Kribbeln in seinem ganzen Körper. Ohne sich umzuschauen läuft er in vier Minuten und ein paar zerquetschen Sekunden den Weg zurück, für den er zuvor versehentlich ein Taxt in Anspruch genommen hatte.

Während er im Zug sitzt und gelangweilt auf den am Ticketautomaten ausgedruckten Reiseplan schaut, wundert er sich, dass ein baugleicher Zug für dieselbe Strecke bei der Rückfahrt ganze sieben Minuten länger benötigt. Der Sache auf den Grund gehend, vergleicht er mittels eines Programmes der Bahnbetreiber für sein Mobiltelefon die Dauer jedes Zwischenhaltes an den verschiedenen Bahnhöfen. Seine erste Vermutung ist nämlich, dass der Zug, um eventuelle Anschlussreisende aufzunehmen, auf der Rückfahrt an einigen Bahnhöfen länger warten muss. Unbefriedigt stellt er fest, dass sich die Summe der im Stillstand vertanen Minuten auf Hin- und Rückfahrt gleicht. Und da die ganze Fahrtzeit auf dieser Rückfahrt fünf Stunden beträgt und somit viel Zeit für Überlegungen lässt, addiert er auch noch jene Minuten, die der Zug in Fahrt verbringt, wieder sowohl für Hin- als auch Rückfahrt. Das erschreckende Ergebnis ist, dass es auch zwischen diesen beiden errechneten Zeiten keinen Unterschied gibt. Die sieben Extraminuten der Rückfahrt kommen also weder aus der Zeit der Aufenthalte, noch aus der Zeit der Fahrt und dürften somit gar nicht existieren. Trotzdem sind sie unzweifelhaft da. Um sicherzugehen, rechnet Peter Salmiak noch mal alles genau nach und dann noch einmal, aber nichts ändert sich an den Ergebnissen. Wütend schüttelt Peter seinen Kopf und schlägt ein paar Mal kräftig dagegen, er befürchtet, verrückt geworden zu sein, ist doch die Mathematik das einzige, was ihn bisher nie betrogen hat, sein einziger Verbündeter, quasi. Auch ein Gespräch mit dem Schaffner bringt ihn nicht weiter, denn dieser schüttelt auf seine Frage nur widerwillig seinen Kopf. Aber mit welcher Intensität, denkt Peter Salmiak. Wie kann einer so seinen Kopf schütteln, wenn ein zahlender Kunde berechtigte Fragen hat, zürnt er in sich. Den Rest der Zugfahrt läuft Peter Salmiak die Wagen der zweiten Klasse immer auf und ab, kaum hörbar Hassparolen auf die Scharlatanerie der Bahn murmelnd, die ihm heimlich sieben Minuten stehle und nicht erkläre, was sie damit mache. Bis er seinen Zielbahnhof erreicht hat, ist sein hin und her Schreiten sechsundzwanzig Personen aufgefallen, dreizehn Personen hat es genervt und siebenkommafünf Personen sind regelrecht nervös geworden. Nur dreikommazweifünf Personen haben sich jedoch beim Schaffner über den ständig Schreitenden beschwert, der Peter Salmiak dann einskommasechszweifünf Mal darauf hinweist, sich doch bitte auf einem der vielen freien Plätze niederzulassen, was diesen aber nur zu nullkommaachteinszweifünf Prozent interessiert.

Am Zielort angekommen, läuft Peter Salmiak geradewegs zum Café Bonner Porte, welches von einem Exilrheinländer gegründet wurde, auf rheinländische Fröhlichkeit setzt und stets mit Leuten aller Altersklassen gut gefüllt ist. Die frische Luft macht ihm den Zorn um die von der Bahn unrechtmäßig angeeigneten sieben Minuten endlich vergessen, sodass er sich wieder vollkommen auf den langhändig erdachten Plan konzentrieren kann.

Möglichst wenig Aufsehen erregend betritt Peter das Café durch die Hintertür, die erst seit Kurzem für Besucher geöffnet ist, damit diese schleuniger in den Genuss einer Zigarette kommen können. Aufgrund des Kuchens, der großen Zahl warmer Leckereien und geltenden EU-Rechts, ist der Tabakkonsum innerhalb des Etablissements nämlich nicht mehr gestattet, alle Versuche, diese rigorose Regelung zu umschiffen, waren vom Ordnungsamt abgemahnt worden.

Als Randnotiz sei an dieser Stelle die Geschichte eines Gastronomen erwähnt, den die Beschneidung seiner geschäftlichen Freiheit durch das Nichtraucherschutzgesetzt besonders hart getroffen und der noch härter darauf reagiert hatte. Sein Name war Griebhelm Sackbart und er hatte schon in den späten sechziger Jahren die Kneipe *Zum Brüllmeyer* von seinem damals sehr früh an Krebs verstorbenen Vater übernommen. Das *Zum Brüllmeyer* war in seiner Art einzigartig auf der Welt, denn es zelebrierte das Lasterhaft-Private absichtlich provokativ öffentlich, was der Architektur des Gaststättengebäudes geschuldet war. Anstatt aus Stein, war das Gebäude aus bald klarem und bald buntgefärbtem Glas gebaut. Das Dach war aus unzähligen Prismen zusammengesetzt, die selbst das schwache Licht des vollen Mondes zu farbenprächtigen

Spielereien einluden. Das Lasterhafte im Bunten brauche sich nicht zu verstecken, denn ohne Laster keine Tugend und kein Genuss, hörte man Herrn Sackbart oft sagen, wenn er aufgrund erfreulicher Tageseinnahmen den letzten Verbliebenen eine Lokalrunde spendierte. Es versteht sich von selbst, dass ein Mann, der von positiven Seiten des Lasters weiß, nicht gut auf doktrinäre Genussbeschränkungen zu sprechen ist, weshalb er eben jene Beschränkungen in seinem Lokal nicht durchsetzen wollte. Vielleicht hätte das anderswo funktioniert, doch lag das Lokal unglücklicher Weise direkt in Sichtweite des Ordnungsamtes. Es war einigen Ordnungsbeamten sogar möglich, direkt vom vielbepupsten Ordnungsamtsbürodrehstuhl durch die gläserne Front in das Lokal bis an die ebenfalls gläserne Bar zu spähen und zu zählen, wie viele Zigaretten sich dort gegen jedes Verbot in den ebenfalls gläsernen Aschenbechern zu Tode drückten.

Diese trotz aller Mahnungen und Zahlungsbescheide ständig anwachsende Zahl – denn ordnungsliebende Ordnungsbeamte zählen gerne und viel – war schließlich Grund für einen letzten Brief des Amtes an den Besitzer, welcher eine Räumungsklage enthielt.

»Das hat uns die Welt also gebracht«, sagte dann der Mann von fast siebzig Jahren, bevor er mit dem Strick um den Hals von der Bar sprang, die Augen bis nach Eintreten des Todes mahnend in Richtung des Ordnungsamtes gerichtet. Aber lassen wir uns von dieser kurzen Anekdote nicht ablenken und verfolgen weiter den Protagonisten dieses mit A betitelten Kapitels.

Peter Salmiak betritt also das Café durch die Hintertür und anstatt sich zunächst an einen Tisch zu bequemen, verschwindet er ohne Umschweife auf das Herrenklosett des Bonner Porte, wo er sich in einem Kackseparee einschließt. Dort öffnet er bedacht leise den Reisverschluss der mitgeführten Sporttasche und kramt eine kurze, schwarze Sporthose mit goldenen Streifen sowie ein ärmelloses, schwarzes T-Shirt hervor. Der in der abgeschlossenen Brunzbude vorherrschenden Enge zum Trotz, meistert er es elegant, sich umzukleiden. Den bis dahin am Leibe getragenen Anzug legt er sauber gefaltet in die Sporttasche. Vor dem Verlassen des Aborts befeuchtet er noch vorm Spiegel seine Haare ein wenig, bringt sie etwas durcheinander und fixiert dieses Durcheinander dann mit einem auffällig pinken Stirnband. Jetzt ist er bereit, sich einen Platz an besonders exponierter Stelle des Cafés auszusuchen. Nach kurzer Überlegung entscheidet er sich für einen Tisch, der für vier Personen bestuhlt ist und sich, was Peter wichtig ist, auf einer etwas erhöhten Ebene des Cafés befindet. Sportlich springt der die zwei kleinen Treppenstufen, die zum Betreten der höheren Ebene zu überwinden sind, hinan und lässt sich beschwingt auf dem Stuhl nieder, von dem aus er den besten Ausblick auf die anderen Gäste des Cafés hat. Warum mache ich das eigentlich, denkt er kurz, dann öffnet er erneut die Sporttasche, greift nach dem jüngst erworbenen Pokal und stellt ihn vor sich auf den Tisch. Schon wieder der Gedanke, warum zum Teufel er das nur mache, ein Gedanke, an den er sich bald nicht mehr erinnern können wird.

Es dauert drei Milchkaffees, eine große Rhabarbersaftschorle und einen echt kölsche halven Hahn, bis all die getroffenen Vorbereitungen schlussendlich greifen und eine an Peter Salmiak interessierte Frau ihn auf den Pokal anspricht. »Ja, ja! Vom Tennis! Gewonnen! Seit einer Stunde bin ich erst in der Stadt und da wollte ich meinen Sieg gebührend zelebrieren.« Seine Brust schwillt leicht, aber nicht unangenehm, vor Stolz. »Und Sie feiern das alleine?« fragt die Frau von maximal vierzig Jahren, der trotzdem mindestens fünfzig verlebte Jahre ins Gesicht geschrieben stehen. Ob sie sein Typ ist, darüber denkt Peter gar nicht weiter nach, nur, dass er auf jeden Fall ihr Typ zu sein scheint ist für das, was er gerade ist, weiter von Bedeutung. Auf ihre Frage seine derzeitige Singularität betreffend, lässt er seinen Kopf wie geübt ein bisschen niedersinken, so dass sich ein feiner Hauch von Bemitleidenswertigkeit über seine ausgestrahlte Stärke legt.

»Gestatten Sie, dass ich mich vorstelle? Steven Brackklang ist mein Name. Gesellen Sie sich doch zu mir, dann feiern wir zusammen.« Einer eiladenden Handgeste folgend, greift die Interessierte kurzentschlossen nach einem freien Stuhl und setzt sich so dicht an den Tisch, dass Beine der Gesetzten und Beine des bereits Sitzenden nur einen halben Atemstoß voneinander entfernt verharren.

»Sehr erfreut, ich bin Susann Höfer!« sagt sie lächelnd und reicht die Hand zur Begrüßung, welche von Peter alias Steven Brackklang zärtlich in Empfang genommen und für den Rest des nun folgenden, langen Gespräches zur Freude von Susann nicht mehr losgelassen werden soll. Im Gespräch begeistert der angebliche Tennismeister die ihm bereits nach wenigen Minuten mit Haut und Haar Verfallene mit seiner bisherigen Lebensgeschichte, die, wenn auch nur ein Wort davon wahr gewesen wäre, dem Film Forrest Gump an Dramatik in nichts nachgestanden hätte. Während seines langen Monologes umspielen sich die Augen der Sitzenden leidenschaftlich, nur kurz unterbrochen in den Momenten, in denen Peter Salmiak die Frage, warum zum Teufel er das eigentlich alles mache, aus der hintersten Ecke seines Schädels gegen die Augäpfel hämmert. Doch immer dann schließt er kurz und versonnen seine Augen, lehnt sich kurz zurück und gibt dadurch vor, dass ihn das Erzählen seiner privatesten Geheimnisse in hohem Maße fordere und er aufgrund dessen dieser Auszeiten dringend bedürfe. Diese kurzen Pausen enden dann stets damit, dass er kurz den Zeigefinger seiner rechten Hand unter das pinke Stirnband schiebt und beim Herausziehen seine gesamte Handfläche durch sein Gesicht streicht, gerade so, als würde die Reibungsenergie ihn mit neuer Lebenskraft anfüllen.

Steven Brackklangs fiktive Lebensgeschichte beginnt im Waisenheim eines kleinen Dorfes in der Ukraine, reißt den Erwerb einer Hochschulreife in Moskau kurz an, streift den Verdacht auf Spionage und politische Verfolgung durch das sowjetische System, beruhigt sich kurz beim Sportstipendium, erst in Frankreich, dann in Amerika, gipfelt mit dem Umzug nach Deutschland, dem Land, von dem er erfahren hatte, dass es die Heimat seiner ihm unbekannten Eltern war und endet schließlich mit dem Sieg beim großen Turnier und seiner darauf folgenden Zugfahrt in die Stadt seines Lieblingscafés. Eine Stadt, in der er nie gelebt hat, aber von der er aus zuverlässiger Quelle zu wissen glaubte, dass der rheinländische Besitzer des dort angesiedelten Cafés um Ecken mit ihm blutsverwandt sei, er aber noch auf den richtigen Moment warte, ihn darauf anzusprechen. Und dieser Moment sei nicht jetzt, denn für heute hätte er schon etwas viel Schöneres entdeckt, nämlich sie, seine Zuhörerin und, wie er geheimnisvoll sagt, vielleicht sogar endlich eine wirkliche Seelenverwandte.

Susanns Herz pocht hart im Brustkorb, all die Knospen der Romantik waren in ihr zu großer Blüte gekommen. Der geheimnisvolle und doch so offenherzige Tennisspieler hatte sich in ihre zarten Hände begeben, sich ihr völlig anvertraut. Dass es das Glück vielleicht doch gibt, denkt sie, und sieht trotz Dach den Himmel über sich aufreißen. Wenn man ganz fest von etwas überzeugt ist, denkt sie, dann braucht man kein Glasdach, um den Himmel sehen zu können.

Warum zum Teufel mache ich das überhaupt, denkt er, nur eine Sekunde lang, und kratz sich an der Hüfte, wo er gerade einen unsichtbaren Hautausschlag vermutet.

Das wird was mit den beiden, denkt die Kellnerin, die für den Tisch des Tennisspielers und der im Verwelken Begriffenen zuständig ist. Und tatsächlich packen die zwei ihre Sachen zusammen und besteigen gemeinsam ein Taxi, dessen Fahrpreis am Ende vierzehn Euro beträgt. Und da die Zeit schon die Dämmerung über den Himmel geschoben hat und Susann Höfers Wohnung in Kerzenlicht getaucht wird, ist klar, dass nach noch einem Prosecco zur Feier des Sieges und der Situation überhaupt das kleine, graue, jedoch mit einer farbenfrohen Tagesdecke bedeckte Sofa im Wohnzimmer nur kurze Station ihres gemeinsamen Aufenthalts ist und schnell gegen das von Sehnsucht gezeichnete Bett getauscht wird. Und so lieben der falsche Tennisspieler und sein Opfer Wellen in das dunkelblaue Laken, voller Hingabe auf der einen, voller Zweifel über sich selbst auf der anderen Seite und die angeblich viel gelobte Rückhand des Spielers entfaltet ihre ganze Kraft und Spiel ist Satz und Sieg in einem, für Susann mindestens fünfmal. Die Haare völlig zerwühlt und jeden Quadratzentimeter ihrer Haut geküsst, schläft sie endlich, den Kopf auf der Brust ihres Helden und seinen Herzschlag fühlend, selig ein. Und nachdem er sich noch einmal kurz fragt, warum zum Teufel er das eigentlich alles macht, beginnt in ihm ein Automatismus, den zu verstehen er noch viel weniger in der Lage ist, als alles Vorangegangene. Einem Mantra gleich, spricht er immer die gleichen Sätze in der Schlafenden Ohrmuschel, mit einer Stimme, die für die Beschaffenheit von Peter Salmiaks Körper viel zu tief wirkt. So sehr sind seine Worte von Bass geprägt, dass kaum ein Wort des Gesagten, oder fast schon Gebrummten, zu verstehen ist. Zum Effekt aber hat das Gebrumme, dass der Schlaf der Frau nicht enden wollend tief wird, sie völlig in einer von Peter Salmiak erzeugten Scheinrealität aus Bass versinkt. Die Geräuschkulisse nicht unterbrechend, schiebt Peter das ihn umschlingende Bein der Frau von sich und hebt ihren Kopf sachte von der Brust. Dann greift er neben der Liegestätte nach seiner Sporttasche, hebt diese behutsam aufs Bett und öffnet sie mit einer Hand. Weiterhin brummend und sich selbst nichts mehr fragend, sondern einfach nur einer inneren, tiefen Stimme folgend, dreht er die Frau sachte auf den Bauch. Dass sie für die Anzahl der Falten in ihrem Gesicht einen wirklich formschönen Hintern und immens straffe Beine hat, interessiert ihn in diesem Moment nicht.

Aus der Reisetasche treten ein komplett akkubetriebenes Tätowiergerät, voll aufgeladen, sowie schwarze Farbe, Desinfektionsspray und einige Papiertücher zu Nachte. Sein Brummen immer noch nicht unterbrechend, schlägt der angebliche Tennisspieler sein schwarzes Notizbuch auf und legt es neben die schlafende Frau.

Kurz unterhalb der Schulterknochen der fest von Basslauten umschlungenen Frau, beginnt er dann seine kleine Zeichnung. Zunächst lässt er zwei große, leicht ovale Kreise zwei Augen formen, in deren Inneren er wiederum jeweils einen den vorherigen Kreis fast ganz ausfüllenden Kreis malt. Das Innere dieser inneren Kreise füllt er gänzlich und akribisch mit der schwarzen Farbe aus. Nun schaut ihn der Rücken herzerweichenden Blickes an. Mit unsauberer Linienführung malt er um diese Augen den Körper einer Eule. An die Seiten zeichnet er Schraffuren, die Federn andeuten sollen, es aber nicht wirklich tun – sie wirken einfach wie das, was sie sind – nämlich ungeordnete, wirre Striche. Unterhalb der Augen zeichnet er ein gleichschenkliges Dreieck, dessen spitzer Winkel nach unten zeigt und das, nachdem er eine Verbindungslinie vom Mittelpunkt der Hypotenuse bis in den spitzen Winkel gezeichnet hat, einen Schnabel darstellt. In die spitzen Ohren malt er ebenfalls jeweils ein spitzes, gleichschenkliges Dreieck, dessen kurze, untere Seite jeweils keine gerade Linie, sondern eher ein gebogener Strich ist.

Als er die Zeichnung beendet, unter Brummen wieder den Anzug eines Peter Salmiaks angezogen und all seine Mitbringsel in der Sporttasche verstaut hat, verschwindet er mit dem Pokal im Badezimmer. Dann wird ihm plötzlich schwarz vor Augen und sein Bewusstsein ebenfalls in einen dubiosen, dickwandigen Traum aus Basslauten und nicht verständlichen Wörtern gezogen. Aufwachen wird er in seinem Haus, in seinem Bett, ohne Sporttasche, ohne Pokal, nur mit dem Notizblock in der Anzugtasche.

<><> 4 <><>

Im Club mich dann von der Lola-Darstellerin mitnehmen lassen. Ihre Wohnung: eine Wohnung. Ein paar Filmplakate von Klassikern, Metropolis, der Golem. Zudem große Drucke in Schwarzweiß, Leni Riefenstahl-Ästhetik. Wandfarbe: dieses Gelb, bei dem einem nicht auffällt, dass in den Räumlichkeiten viel geraucht wird. Alles nichts Besonderes. Eine Wohnung, wie man sie eben um die meisten Theaterschauspielerinnen herum findet, wenn sie zu Hause sind.

Wir wollen nicht besonders viel reden. Cat Stevens übernimmt von Schallplatte die Kontrolle über die akustische Umwelt. Teaser and the Firecat. Wenn sie mich anfasst, denke ich, ob sie den Krebs wohl fühlt, schließlich ist er auch auf der Haut. Versuche zu fühlen, ob sie wohl auch Krebs haben könnte. Auf der Fensterbank stehen zwei Kakteen, eine Orchidee flankierend. If I ever lose my legs, I won't moan, I won't beg, singt Katze Stefans.

Wider die Gewohnheit verzichte ich auf ein Kondom, hoffend, mich kurz vor Schluss noch zu vermehren.

Positiv: ein echteres Gefühl, intimer. Seit meiner letzten festen Freundin nicht mehr gehabt. Fünf Jahre plastic on my dick.

Negativ: Ich komme nicht. Sie häufiger, so häufig, dass sie erschöpft ist, aber aus mir will es nicht heraus. Mich hindern die Gedanken, doch noch Leben zu produzieren, welches von meinem abstammen könnte. Ich hab es nicht so mit Moral, aber diese Tristesse wünsche ich keinem. Cat hat schon lange zu singen aufgehört und die Nadel schrabbt immer wieder durch die letzte Rille, 33 rpm-Metronom zum Geschlechtsakt.

Dann schläft sie. Nett, wie sie sich an mich schlingt. Geschickt, wie ich mich von ihr löse.

Auf dem antiken Schreibtisch im Schlafzimmer liegt ihr Laptop, ein etwas älterer IBM mit rotem Trackpoint in der Mitte der Tastatur. Ich liebe das Design dieses Gerätes. Es sieht nach Arbeit aus, nach Hacker und robust. Trotzdem ist das Bedienelement das sinnlichste made by Menschheit. Wie eine Klitoris, mit viel Gefühl und wenig Druck alles erreichen. Insgesamt ein Gerät voller Widersprüche, wie alles andere.

Schrabb, schrabb sagt das Ende der Cat Stevens-Platte.

Nach dem Hochfahren braucht Windows XP kein Passwort. Die WLAN-Netzwerke in der Umgebung heißen, sortiert nach abfallender Signalstärke:

RASIERTundTAETOWIERT
EliteZockerLan
network_115
NiemandDarfHierRein
WLAN-2709AB14183FE1D
ExtrablattGäste
prettyflyforaWIFI

Grrrrrrrrrrrrrrrrrr!!!!11
Netgier FonWLAN 330
WerDasLiestIstDoof
saruLan
Der Rechner verbindet sich automatisch mit dem Ersten. Rasiert und tätowiert. Bei der Lola-Darstelleren: beides gelogen. Wenn Absicht, dann: gefällt mir. Wenn Router gebraucht gekauft und nicht selbst konfiguriert: langweilig.

Im Ordner *Fotos* ein spannender Unterordner. Bilder der Lola-Darstellerin in der Rolle der Kerze. Ordner gelöscht, Papierkorb geleert. Dann setze ich mich neben sie aufs Bett und beginne mit der Suggestion. Ihr Unterbewusstsein ist empfänglich dafür, alles wird funktionieren. Ich nutze den Takt der Schallplatte für das Mantra, welches ich ihrer Denkweise einpflüge. Einlüge. Sie wird nicht wissen, dass sie nicht weiß, was sie eigentlich doch weiß.

Ihr Wecker geht drei Stunden später, um acht. Sie hat drei, ich immerhin eine Stunde geschlafen. An der Art, wie sie erschrickt, fast panisch wird, als sie ihre erste Zigarette anzünden will, erkenne ich, dass ich Erfolg hatte.

Verabschiedet und nach Hause. Also in mein Zimmer in Logos Haus, ausschlafen.

Logo schläft auf der Bank im Garten als ich ankomme. Die Position sieht ungemütlich aus, sein Gesicht verzerrt. Diese Konsequenz begeistert mich. Wir haben alle unsere Pläne und die Konsequenz, mit der wir sie umsetzen, zeigt, aus welchem Holz wir sind. Ich habe in dieser Nacht mein Pensum erfüllt, Logo seins.

Nimm eine Morphium, dass ist Punk und macht es sogar erträglich, sage ich. Logo grinst und greift zu, spült sie mit Dosenbier runter und spuckt eine Kippe aus, die sich wohl in der Dose befunden hat. Logo nimmt noch einen Schluck. Born to die, sagt er. Ich nicke. Und wie, sage ich. Hab in den Sektkübel gepisst, auf alte Zeiten, sagt er und erklärt damit sein blaues Auge. Könnte von mir sein. Keine Anzeige, lächelt er. Der Deal: Er zeigt den Besitzer nicht wegen Körperverletzung an und kommt nie wieder. Wow, wie schnell das wirkt, stammelt er und gleitet tief ins Traumland. Seine Augenlider zucken. Es riecht schon stark nach Frühling, wenn man sich aus seinem Dunstkreis entfernt hat.

<><> 5 <><>

Und dann wieder aufgewacht, in der Mitte eines Konfliktes. Sechzehnuhrzehn, plus/minus der Toleranz meines Weckers. Frage: Wofür mache ich das eigentlich alles? Und zwei Morphium zum Frühstück. Wäre es stringent und konsequent, den Plan für Karla zu Ende zu bringen, weil ich doch schon so erfolgreich damit angefangen habe? Fantastisch übrigens wirken die Salben. Kein Jucken am Fuß. Nach dreimaliger Anwendung. Mach das mal einer Salbe nach.

Ich weiß nicht mal, ob ich Karla liebe. Aber dass sie glücklich ist, will ich schon. Nur wird sie es nicht honorieren. Und wenn, werde ich keine Zeit mehr haben, es zu genießen.

Fakt ist, dass ich, wenn es Karla und die Lola-Darstellerin nicht gegeben hätte, vorher schon freier gewesen wäre. Dann hätte ich das mit dem verdammten Sektkübel nämlich gemacht. Denn wenn es Karla nicht gäbe, hätte es keinen Sinn gemacht, mit der Lola-Darstellerin mitzugehen. Und wenn es nicht wichtig gewesen wäre, mit der Lola-Darstellerin mitzugehen, dann hätte es auch keinen Sinn gemacht, nicht in den Sektkübel zu pissen. Dann hätte ich frei sein können, zumindest so kurz vor Schluss endlich mal.

Die Fragestellung erstmal aufgeschoben. Stattdessen den Kontostand gecheckt. Girokonto: tausendzweihundert Euro. Sparbuch: knappe viertausend, angespart, um einen Kombi zu kaufen. Verteilt auf maximal zwei Monate: unendlicher Reichtum. Aus dem Fenster gepisst und währenddessen den Chef angerufen.

Sie Schwein, ruft eine Frau mit Kinderwagen. Ein Vogel scheißt von einem Baum und verfehlt sie knapp. Ein Vogel ist ein Vogel und kann kein Schwein sein. Ein Mensch aber schon, anscheinend. Ich zähle das Tuten in der Leitung.

Hör mal, ich bin raus aus der Nummer, sage ich.

Larubbski klingt leicht traurig, aber es schwingt auch etwas Freude für mich mit.

Du hast also endlich was gefunden?, fragt er und steht von seinem Schreibtischstuhl auf.

Die Sache bei ihm war direkt nach dem Studium als Notlösung gedacht. Bis ich etwas gefunden hätte, was zu meinen Qualifikationen passt. Wie viele Jahre Notlösung waren das jetzt?

Larubbski studierte Kommunikationswissenschaft und Betriebswirtschaftslehre, danach: Callcenter gegründet. Hab ihn im Studium kennengelernt und ihm beim Aufbau geholfen. Er hat sich immer revanchiert und bezahlt mich für das Telefonieren wesentlich besser als alle anderen.

Mit einem Edding streicht er mich aus dem Dienstplan. Es hört sich durch das Telefon an wie ein schwarzer Edding, ist aber mit Sicherheit ein blauer. Larubbski benutzt ausschließlich blaue Eddings. Warum? Nie gefragt. Aber Fakt.

Im Hintergrund des Telefonates wird telefoniert. Kein sehr hierarchischer Chef, teilt seinen Raum mit den Angestellten. Zudem: nur Inbound-Telefonate. Bedeutet: Man hilft tatsächlich Leuten bei ihren Problemen, anstatt sie einfach zu nerven. Eigentlich ein guter Job. Hätte es aber auch Outbound gemacht. Habs nicht so mit der Moral und der Ruhe anderer Leute. Die fahren schließlich auch mit achtzig und heulenden Motoren an meinem Haus vorbei, während ich versuche zu schlafen. Okay, Logos Haus, nicht mein Haus.

Ja, endlich eine Stelle. Goethe Institut in Harare, Simbabwe, sage ich und dass ich es leiten soll. In spätestens zwei Monaten geht's los, vielleicht schon in einem, brauche die Zeit, um mich vorzubereiten.

Hab dich schon aus dem Plan gestrichen, diesen Monat bezahl ich dich trotzdem noch voll, alter Freund.

Also nochmal tausendfünfhundert. Überunermesslicher Reichtum, für zwei Monate. Eigentlich zu viel. Also Anzug und Krawatte angezogen und ab dafür.

Dann seit der Bank all das in bar, dicke Brieftasche, dicke Hose. Mit Logos Audi unterwegs, der steht mir in der Punkerwoche uneingeschränkt zur Verfügung. Auf dem Armaturenbrett: das Schwein mit dem Wackelkopf, befestigt mit Sekundenkleber. Liebevoll *Audisau* genannt. Au, die Sau. Unter Morphium ist das Spurhalten nicht direkt schwer, aber unbedingt eine Erfahrung wert. Trotzdem ist der Fahrstil auffällig, anscheinend. Kurzes Aufheulen der Sirenen zum Aufmerksam machen, dann rote Dioden, Polizei, bitte folgen.

Runtergefallen, das Headset, sage ich. Im Fußraum gesucht, unverzeihlich, es tut mir so leid, wichtiger Businesstermin. Der Anzug spricht mit und die Krawatte bezirzt.

Ein von Logo abgeschautes Bankerlächeln. Ein Polizist klopft auf das Dach und wünscht noch eine gute Fahrt. Zum Glück putze ich mir regelmäßig die Zähne.

Ich zähle die weißen Streifen auf dem schwarzen Asphalt und verzähle mich, zu viele, zu schnell. Ich zähle die schwarzweißen Pfosten am Straßenrand und verzähle mich, zu viele, zu schnell. Ich zähle die schwarzweißen Kühe auf den Weiden neben der Straße und verzähle mich, zu wenige, zu großer Abstand zwischen ihnen. Konzentrationsdefizit. Ich kann nie sagen, wie viele ich schon gezählt hab, wenn denn dann die nächste Kuh kommt. Fahre nach Norden. Erst nach Niedersachsen, dann Richtung Oldenburg, dann nach Bad Zwischenahn, dann Wiefelstedter Straße, dann Jagdhaus Eiden am See, dann Parkplatz. Adios, Audisau, Hello Türsteher und ab in die Spielbank. Deutsch für Casino. Does anyone have a problem mit Anglizismen in der Hood?

Zum Einstieg ein einarmiger Bandit, bis zehn Euro einfach weg sind. In Stufen von fünf Cent, Treppe, die nach unten führt. Erstmal ankommen. Rotierende Früchte, wenig Sterne und viele Blinklichter. Angekommen. Dann tausend Euros in Jetons.

Beim Roulette alles auf Rot. Besitze zweitausend Euros in Jetons. Dann alles auf Ungerade. Besitze viertausend in Jetons. Dann alles auf Rot. Besitze achttausend in Jetons. Ein paar Drinks, fancy, mit Schirmchen, Ananassaft und Alkoholen. Oder Alkoholika. Schnaps mit Saft, Eiswürfeln und Klimbim. Der Sektkübel hier ist zu weit entfernt und das Sicherheitspersonal vor Ort ist schärfer bewaffnet. Teaser und Pistolen mit Gummigeschossen statt Fäuste in Lederhandschuhen. Es steht viel auf dem Spiel in der Spielbank.

Auffällig: Die anderen, die ich beim Gewinnen beobachten konnte, trinken nicht. Ebenfalls: Ich werde beobachtet. Drei Frauen suchen dezent Nähe zu mir, ich bin der Scheißhaufen, sie die Fliegen. Dieses Kaliber von: Ich hab nix, ich will was, ich guck, wer im Casino abräumt und hole mir meinen Teil. Wenn es weiter gut läuft, werde ich da mitspielen.

Den Sherry mit Champagner probiere ich und spucke ihn aus, schmeckt nicht, lasse den Drink zurückgehen, will aber mein Geld nicht wieder. Was sind schon zwanzig Mark, jetzt.

Ein Versuch am Pokertisch. Buy-In: einhundert Euros in Jetons. Ist nicht meins, anscheinend. All In in der ersten Runde, all lost ebenfalls. Zu langsam, das alles. Und wie schön die Kugel in der Rouletteschale glänzte. Roulette ist der Haufen Scheiße, ich die Fliege. Summ, summ, summ, schwirre ich wieder dahin, wo das Glück mir hold war. Siebentausendneunhundert Euros in Jetons wollen auf das zweite Dutzend getippt werden, dürfen aber nicht. Höchsteinsatz: sechstausend, tausendneunhundert bleiben bei mir. Es kommt die Sechzehn und ich besitze neunzehntausendneunhundert in Jetons. Die am wenigsten attraktive der drei Fliegen nehme ich mit an die Bar, spendiere ihr einige Drinks. Es läuft fürchterliche Jazzmusik, zu der sie mit den Füßen wippt, weil ich mit den Füßen wippe. Spiegelneuronen machen das, sie versucht unterbewusst, sich mir anzunähern. Ich wippe mit den Füßen, um die Takte besser zählen zu können.

Sind Sie öfters hier?, frage ich.

Nur sehr selten, eigentlich nie. Lüge Nr. 1.

Für mich ist es das erste Mal. Und was treibt Sie her?

Ich genieße einfach die Atmosphäre! Lüge Nr. 2.

Wir reden weiter. Ihre Handtasche ist aus grünem Kunstleder und soll die Haut eines toten Krokodils imitieren, der Verschluss gibt vor, aus Gold zu sein. Nicht nur sie und ihre Accessoires lügen, auch ihr Makeup trügt. Lüge 3, 4, 5, 6, 7 und 8. Später gehen wir in einen verglasten Bereich der Bar. Luftdicht verpackt darf hier geraucht werden. Kurz weggedreht und eine Morphium rein, sie wird erträglicher, ich schmerzfreier.

Ihre Zigaretten sind kultivierter als gedacht, ich hatte auf Nuttenstengel getippt. Egal, denn: heute genug richtig getippt. Auch im Raucherabteil: Lautsprecher mit derselben Musik, deren Takte ich nicht mehr zähle, ein ziemlich lauter Abzug und eine weitere Frau/Mann-Kombination vom Typ: Heuschrecke/Gewinner. Ich will nicht sagen, dass ich ein Sexist bin, aber auffällig ist es schon, dass sich hier keine Kerle hinstellen, die versuchen, eine gewinnende Frau abzuschleppen. Oder: Sie fallen mir einfach nicht auf. Wir tauschen Lüge 9 bis 21 bei vier Zigaretten aus, bis das andere Paar vom Sicherheitspersonal darauf hingewiesen wird, dass ihre öffentlichen Anzüglichkeiten in Form von wilden Zungenküssen und Gefummel nicht erwünscht sind.

Schade, sagt die, die meine sein will, zumindest für kurz, zumindest bis sie hat, was sie eigentlich will. Schade, denn ich wollte gerade anfangen, wobei sie die Augenbrauen hoch reißt und verführerisch wirken will. Schlechtes Schauspiel. Die Rolle der Julia würde sie nie bekommen, wahrscheinlich nicht mal die einer Kerze. Womit auch feststeht, dass sie nicht nur in dem Sinne falsch ist, sondern auch im Sinne des eigentlichen Plans. Aber das war sowieso klar.

<><> 6 <><>

Sollen wir Ihnen den Betrag überweisen?, fragt die Frau an der Kasse und nein, bar, sage ich. Der Lederkoffer geht aufs Haus und landet auf der Rückbank. Die Fliege navigiert den Haufen vom Beifahrersitz in ihren Bau. Audisau wackelt mit dem Kopf. Das Radio wirft Verkehrshinweise in die Fahrgastzelle, bis ich es ausschalte. Sie sagt Lüge Nr. 76 (Audi ist meine Lieblingsautomarke! Wahr wäre gewesen: Audi ist meine Lieblingsaudimarke). Ich schalte das Radio wieder ein, Audisau wackelt. Einen Sekundenschlaf später stehen wir vor einem Vielsternekurhotel, von dem sie behauptet, dass sie dort Urlaub mache (77). Mir klar: Sie wohnt irgendwo in oder um Bad Zwischenahn in irgendeiner schäbigen Wohnung und nutzt dieses Hotel immer für Transaktionen der jetzt geplanten Art. Der Portier begrüßt sie, als kenne er sie. Der Boden ist sauber, die Lounge Sofas staubig. Grund: kaum genutzt, zu moderne Optik für zu altbackene Gäste. Sie muss mit dem Hotel telefoniert haben, als sie auf der Toilette war. Der Zimmerschlüssel ist flach und aus Plastik und trüge die Nummer hundertzweiundachtzig, wenn es ihm möglich wäre. Zumindest öffnet er die Tür, auf der selbige Nummer steht. Sie wirft eine Handtasche auf einen Stuhl, ich einen Koffer in eine Ecke.

Sie zieht mich an sich und mich und sich aus, von mir aus, denke ich. Auf einem Kärtchen neben dem Bett steht der Name des WLAN-Netzwerkes (Hotel_Gäste) und das Passwort (rückwärtsrückwärts). Wenn man zweimal rückwärts, also rückwärts rückwärts, sagen will, kann man auch gleich sträwkcür sagen, denke ich. Wenn man sich übergibt und es liebevoll rückwärts essen nennt, dann will ich nicht wissen, was sträwkcür essen bedeutet. Und dann sagt sie, sie gehe sich kurz frisch machen. Zu desinteressiert gewirkt, ich, wahrscheinlich.

Duschgeräusche aus dem Badezimmer. Die Null verbindet mich mit dem Zimmerservice. Eine Flasche Champagner bitte, schnell bitte, auf Eis bitte, danke. Drei *Bitte*, ein *Danke*, vier Lügen.

Gedanken an Karla und den Plan, aber keine Schuldgefühle. Scham? Vielleicht. Irgendwas Undefinierbares? Aber hallo. Es gibt gar kein Goethe Institut in Simbabwe, es ist nur eine abgespeckte Version. Goethe Zentrale heißt das dann. Wenn Larubbski das googeln wird, bin ich, naja, nicht geliefert, aber… mir fällt kein Wort ein. Irgendwas Undefinierbares. Ich scheine es mir einfach zu machen, warum auch nicht.

Die Duschgeräusche verstummen kurz, anscheinend wird sich hier eingeseift. Mit dem Wiedereinsetzen des Wassers klopft es an die Tür. Herein.

Leicht verschämt schaut die Frau mit dem kühlen Kübel, logisch, mir fehlen Klamotten.

Stellen Sie es da auf den Tisch, sage ich und gehe zwecks Geldabhebens zum Koffer. Warten Sie kurz, Ihr Trinkgeld, sage ich. Koffer geöffnet, Hunderter raus, so gehalten, dass sie ihn sieht. Dann stelle ich mich an den Tisch, pisse in den Sektkübel und reiche ihr das Geld.

Fremdgeschlechtliche Fremde und ich und pinkeln: kein Problem. Gut zu wissen. Für sie anscheinend auch nicht, aber sie arbeitet ja auch in einem Hotel mit altbackenem Klientel. Sie wird Schlimmeres gesehen haben. Das Lächeln bleibt in Stein gemeißelt. Türen schließen und öffnen sich, Bedienstete gehen, Fliegen fliegen.

Das Bett vorher von mir präpariert: über und über bedeckt mit Scheinen. Sie lächelt ihr erstes, echtes Lächeln, es sieht besser aus als das gespielte.

Du stehst doch auf Geld, heute liegst du mal drauf, sage ich ihr und gebe ihr einen Klapps auf den Hintern. Sie kichert. Ich will nicht sagen, dass ich ein Sexist bin, um Himmels Willen, aber… ich bin ein gottverdammter Sexist. Nicht so ernst du nehmen das musst, würde Boschu sagen und witzig fände ich das immer noch nicht, also, diesen Yoda-Tick. Und ernstnehmen muss ich überhaupt nichts, ich bin ein fatalistischer Teenager mit wenig Zeit, einer, der nicht alt wird, auch wenn er es eigentlich schon ein bisschen ist. Zeitreise, verdammt. Und wenn ich mir überlege, der Schlampe, die ich gleich auf einem Haufen Geld ficken werde, einen Schlag auf den Arsch zu verpassen, dann ist das right this second nun mal das einzige, was richtig ist.

Und dann schwitzen wir, sie mehr als ich, und Geld haftet überall an unseren Körpern und das mit dem Schutz ist sowieso schon lange hinfällig. Auf ihrem Rücken: die wohl hässlichste Tätowierung der Welt. Eine Eule vielleicht, eine Geschmacklosigkeit ganz sicher. Auf meinem Rücken: ich, liegend und sie eine Zeit lang rhythmisch auf mir auf und ab sitzend. Dann stoße ich sie mal für einen Moment runter, denn ich merke, dass ich bereits weiß, wie viele Wellen jeder einzelne Vorhang des Hotelzimmers wirft und wie viele Karos an den Deckenplatten sind. Denn wie viele kleine Pickel die Raufasertapete hat, will ich nicht auch noch in Erfahrung bringen. Aber sie will. Will mehr. Du stehst doch auf Geld, denke ich, als ich einen Schein, der an meinem Oberschenkel haftet, abnehme und beginne, damit über ihren Venushügel zu streifen. Dann streichelt das leicht grünliche Bild eines Torbogens ihren IBM Trackpoint.

Traktionen in ihrem Unterleib, ihre Arme gänsehäuten sich. Die freie Hand nimmt einen weiteren Schein und rollt diesen zusammen. Ein Torbogen klopft an der Hintertür und tritt ein. Da steh ich nun, ich armes Tor und bin beschissener als je zuvor, denke ich, als ich es wieder herausziehe. Theater, denke ich. Karla!, denke ich, stehe auf und ziehe mich an. Einige Fragen aus Richtung Bett, keine Antwort von mir. Der Koffer: mehr als halbvoll und unterm Arm. Benutzer Schein *vorne:* Hosentasche links. Benutzer Schein *hinten:* Hosentasche rechts. Der Sekt: ungeöffnet in einem Raum, den ich schon zurückgelassen habe.

Für's Zimmer, sage ich an der Rezeption und lege den benutzten Schein *vorne* vor den Nachtportier. Zimmernummer?, fragt er, aber da bin ich schon weg. Und dann ein schwarzer Vorhang vor allen Sinnen.

<><> 7 <><>

Als der Vorhang sich lüftet: die Kleidung nass. Riss im Film, der genau so wenig stört, wie nur ein weiterer Riss in der Fassade eines sehr alten Gebäudes. Der Audi parkt so, dass man vom Fahrersitz auf das Meer sehen kann. Alles salzig, die Finger, die Arme, die Haare. Ein Stück fehlt einfach, zwischen Hotelparkplatz und hier. Audisau als vermutlich einziger Zeuge. Audisau schweigt. Die Krawatte ist weg, der Koffer noch da, sehr voll. Und dann atme ich siebenmal durch das offene Fenster die Luft tief ein. Die Wellen treiben die Luft in meine Lunge, sanfter Druck. Blicke in die Spiegel und ich sehe, dass ich keine Augen mehr habe. Stattdessen: rubinrote Edelsteine. Die Lippen aufgeplatzt und ein Zahn fehlt, Schneidezahn, optisch auffällig. Weh tut es nicht, die Schachtel mit Morphium ist eine Schachtel ohne Morphium. Mit dem Zeigefinger das neue Profil der Zahnreihen erkunden, Salz schmecken und eisenhaltiges Hämoglobin.

Wie ist das passiert?, frage ich Audisau.

Audisau schweigt.

Wie ist das passiert, verdammt?, frage ich Audisau.

Audisau schweigt.

Hör mal, ich kann auch anders!, sage ich zu Audisau und schlage zu.

Audisau schwingt.

Vor und zurück.

Wenn du im Januar mit einem Hund spazieren gehst und die Leute ihre Weihnachtsbäume vor die Tür geworfen haben, dann wird dein Hund gegen jeden einzelnen pissen, so lange, wie seine Urinvorräte reichen.

Eine Stimme sagt, dass es elf Uhr sei und ich will das Radio ausschalten, welches nicht an ist. Eine weitere Stimme sagt, dass es bestimmt eine gute Zeit ist, um wieder nach Hause zu fahren und ich hau Audisau. Kurz rückwärts in den Fußraum des Beifahrersitzes gegessen.

Aus dem Fenster rufe ich: Leonidas, oh Elbenmann, kommt ein Boot mich holen?

Die Möwen schlagen Alarm.

Und dann war es zum ersten Mal da, ein Gefühl von Traurigkeit.

Auf einer Postkarte: Vögel, aufgereiht auf einer Überlandleitung. Darunter der Spruch: *I always wonder why birds choose to stay in the same place when they can fly anywhere on earth.* Dann nichts. Und dann: *Then I ask myself the same question.* Pathos pur, for sure.

Und vorne, beim Blick durch die Windschutzscheibe: die Möwen, im Segelflug, kreisend über dem Meer, auf der Suche nach Nahrung. Davor die wackelnde Audisau, keine potentielle Nahrung für Möwen. Vielleicht ist der fehlende Zahn im Magen einer Möwe. Die Möwen, kreisend wie Gedanken. Die Gedanken, suchend wie die Möwen, schäumende Gischt in meinem Kopf, die vielleicht, wenn sie könnte, aus meiner Nase liefe. Und Karla, bequem eingerichtet im Hinterhirnstübchen, sitzt auf einem Sessel aus Schuldgefühlen, angestrahlt von einer Lampe aus Lust. Die Füße thronend auf einem Beistelltisch aus Schmerz, der jedes Mal, wenn ein Gedanke an sie an ihr vorbeirauscht, wächst, bis ein Bier ihn wieder klein spült. Das Bier gerade ersetzt durch das Morphium, doch sind die Gedanken in einen Kreisel gefahren, fahren an Karla vorbei, bleiben aber in einer stetigen Rechtskurve, sodass sie den Kopf nicht verlassen, sondern stattdessen wiederkommen. Wie lange hält die betäubende Wand? Und die Möwen lachen.

Und dann einen Rückwärtsgang eingelegt, spritzender Sand, beschleunigt von einhundertvierundvierzig Pferden, alle komprimiert unter Kohlefaser und Aluminium, eingepfercht in einem Stahlkubus mit Kolben und trotzdem zufrieden. Ohne zu zählen den Weg zurück, Wind durch das offene Fenster zerstört die Aerodynamik, sorgt für mehr Verbrauch und lässt die Pferde trotzdem kalt.

Ist es verboten, nackt Auto zu fahren? Ist es Erregung öffentlichen Ärgernisses? Deine Freiheit hört da auf, wo sie die der anderen beschneidet. Meinen Penis wird keiner sehen, außer vielleicht ein Lkw-Fahrer, der sich ein bisschen zu weit aus dem Fenster lehnt. Der Wind macht ihn sowieso unerkennbar klein, obwohl eine Sitzheizung den Schinken toastet. Immerhin sind meine Klamotten nass.

Nichts gezählt und Rekordzeit hingelegt. Denn wenn du die Zeit nicht zählst, dann hat es sie nie gegeben, quasi alles in Nullkommanix.

Du siehst scheiße aus, sagt Logo, liegend. Ein Nachbar mäht einen Rasen, bemerkt meine Blöße und tut, als bemerke er sie nicht. Mein Gesicht formt ein enormes Grinsen, so breit, wie ich wohl noch nie gegrinst habe, während ich gleichzeitig weine.

Vielleicht tragen die Weihnachtsbäume, die an der Straße liegen, noch den Geruch von Wohnungen und die Hunde pinkeln dann alle dagegen, weil sie eigentlich in eine Wohnung pinkeln wollen, aber anders erzogen wurden. Hunde verstehen geschlagen zu werden als Nein und gefüttert zu werden als Ja. Pipi in der Wohnung, Schlag mit der Zeitung. Pipi auf der Wiese, Leckerli aus der Tasche.

Lass mich raten: Du hast irgendwo hingepisst, indoors, und die Notwendigkeit eines Zahnarztbesuches ist deine Belohnung, sagt Logo. Eine Passantin bemerkt meine Blöße und tut, als bemerke sie sie nicht. Und Logo hat vielleicht Recht. Wer weiß schon, was in dem Loch zwischen Hotel und Meer passiert ist. Ich war in einem Loch, sage ich.

Loch?, fragt Logo.

Bad Zwischenahn, sage ich.

Zwei Mädchen mit Schulranzen bemerken meine Blöße und ein rasenmähender Mann bemerkt dies, woraufhin er aufhört, einen Rasen zu mähen. Innerlich regt er sich auf, bemerke ich und halte den Koffer vor das, was commonsense-mäßig nicht sichtbar sein sollte.

Komm nach hinten in den Garten, sagt Logo und steht von der Treppe auf, wo er anscheinend diese Nacht geschlafen hat.

Im Garten ist es blickdichter. Ich wäre gerne ein Blickdichter, jemand, der poetische Blicke erfindet, die ausreichen, um alles zu sagen. Nonverbale Kommunikation, wie die Tiere. Dass wir unsere Sorgen formulieren können, macht uns zu den Krüppeln, die wir sind. Denn erst, wenn es eine Form hat, kann es im Kopf kreisen. Verhalten statt Benehmen.

FKK-Tag also, sagt Logo, zieht sich aus und legt sich auf die Wiese. Schön: Er will nicht wissen, wie es mir geht.

Vielleicht habe ich ihm einen Blick gedichtet und ihm nonverbal kommuniziert, dass ich gerade nicht über Befindlichkeiten reden will.

Dann geht das Rasenmähen weiter und lässt seine Schallwellen den Raum verpesten.

Und Logo: singt. Frag mich nicht warum, aber er singt. Eigentlich nicht seine Art, singen. Besonders nicht die Art und Weise, denn er bemüht sich, die Töne zu treffen. Vielleicht die Mischung aus Nackedei und Gesellschaftsablehnung.

Ich bin Punk und FKK
Bezahl mein Dosenbier in bar
Und ich lieg auf einer Wiese
Die nur mir gehört
Jahaaa,
Die nur mir gehört
Bausparverträge sind mein Geschäft
Und Kreditunterlagen sind mein Geschäft
Und ein dämliches Grinsen ist mein Geschäft
Und alles ist dreckig
Alles das, was ich mach
Doch ich lach
Ach ich lach
Mach mir nen
Guten Tach
Denn das ist meine Wiese hier
Meine Wiese und mein Dosenbier
Sha-la-la-la
Punk und FKK oi oi oi

Stäbro, gründen wir eine Band? Du kannst doch Gitarre!

Jo, sage ich, der jetzt neben ihm liegt. Aber vorher halten wir dem Rasenmähermann seinen Rasenmäher ins Gesicht.

Quatsch, sagt Logo. Der kommt auch in die Band. Der spielt den Rasenmäher. Wir werden so eine Art Einstürzende Neubauten.

Ich bin bereits ein einstürzendes Gebäude, die schwere Metallkugel am Abrisskran schwingt geradewegs auf mich zu, denke ich.

Mit mir geht es zu Ende, singe ich auf eine Deutschpunkmelodie, die irgendwo in meinem Hinterkopf schlummert. Weiter bringe ich es nicht. Scheinbar kann ich nicht über Dinge singen, die mir nahegehen.

Dosenpfand zerstörte meinen Lebensstil, singt dafür Logo mit der passenden Melodie, dann steht er auf und stellt sich an die Hecke, hinter der der Nachbar weiter eifrig mäht. Von der Straße her tönt das Bellen eines Hundes. Vielleicht vermisst er die Monate, in denen all überall auf den Bordsteinkantspitzen abgeranzt nadlig die Baumreste blitzen.

Wegen Ihres Kredites, sagt Logo, und schaut dem verdutzten Nachbarn bänkerlächelnd in die Augen.

Vielleicht senkt eine musikalische Kooperation zwischen Ihnen, mir und meinem nackten Freund hier ihren Zinssatz, sagt er, und, dass sich da bestimmt was machen ließe. Ein Nachbar tritt an die Hecke, Sparmöglichkeiten senken seine Hemmschwelle. Bier wird geholt und Logo nicht für verrückt erklärt. Vorerst nicht, und später auch nicht.

Mein Plan ist ein anderer. Ich stehe auf, um mir die Art von Klamotten anzuziehen, die man anziehen muss, um eine Schauspielerin zu verführen. Bestimmt ist es mit den Hunden einfach so, dass sie generell gerne gegen Vegetation pinkeln. Und dann fängt der erste Hund mit dem ausgemusterten Weihnachtsbaum an, ein anderer riecht das und schreibt drüber. Hunde brauchen keine Buchstaben zum

Schreiben, sie können den Sinn eines Hundewortes riechen. Wenn die angepissten Bäume dann von der Müllabfuhr abgeholt werden und in einen riesigen Verbrennungsofen kommen, dann ist das für beobachtende Labradore, Pudel, Möpse und Dalmatiner bestimmt wie eine Bücherverbrennung nationalsozialistischen Ausmaßes. Was für eine Vorstellung. Wuff.

<><> 8 <><>

Plötzlich dann die Wirkung des Morphiums vollends verschwunden. Den klammen Anzug noch im Badezimmer aufgehängt und festgestellt, dass benutzter Schein *hinten* schon wieder ganz annehmbar riecht. Kurz den Schneidezahn vermisst und mit einem Brandy aus Logos Wohnzimmerglasvitrine auf ihn angestoßen.

Auch das Zählen läuft wieder ganz gut, fünf leere Bierdosen neben dem nackten Logo und dem mittlerweile daneben sitzenden Nachbarn. Nach vierundzwanzig Umdrehungen der Pedale den benutzten Schein *hinten* am Kiosk gegen die örtliche Tageszeitung getauscht, Restgeld ist Trinkgeld, ein lächelnder Kioskverkäufer. Platz genommen auf der kleinen Terrasse des Stammcafés und im Kulturteil den sehnlichst herbeigewünschten Artikel gefunden.

Des Kerzendebakels vierter Akt

Erneuter Zwang zur Umbesetzung erzürnt Regisseur Guy Bollen – er glaubt mittlerweile an einen bösen Streich

Und dann die Ernüchterung. Wieder ist eine Schauspielerin abgesprungen und wieder steht da als Neubesetzung nicht Karla Demonski. Stattdessen: Inga Klein.

Hör mal, kannst du schnell was in deiner Datenbank nachschauen, frage ich Larubbski durchs Mobiltelefon. Gut, dass es diese Nacht im Handschuhfach geschlafen hat, sonst wäre es mit dem Film gerissen. In Larubbskis Hintergrund: geschäftige Telefoniererei. In meinem Hintergrund: geschäftige Serviererei.

Lass mich raten, Inga Klein?, weiß Larubbski. Der heiße Kaffee tut besonders da weh, wo vorher noch ein Zahn war.

Ich schweige, denn für so durchschaubar hätte ich mich nicht gehalten. Aber wenn Larubbski schon Bescheid weiß, wer dann wohl noch? Vielleicht sogar die Kellnerin, die gerade den Kaffee vor mich gestellt hat? Hat sie mich nicht auch anders angeschaut, als die anderen Gäste? Und die Kreise im Kopf werden kurz elliptisch, nehmen einen Moment lang eine andere Bahn an, anormalisieren sich aber wieder um Karla. Der bekannte Schmerz ist besser, denn unendlich groß kann so ein Beistelltisch ja nicht werden und ein neues Möbelstück sollte man nicht in meinen Kopf stellen.

Und ein blauer Edding schreibt auf einen Zettel eine Notiz, die besagt, dass eine Mail an staebro@fiktivermailprovider.de gesendet werden muss. Sie wird alles Notwendige enthalten.

Und dann einfach mal kurz ausspannen und, ja, sogar ein bisschen die Trauer genießen. Als neuer Lifestyle. Das Unausweichliche beweinen. Auf der anderen Straßenseite eine hölzerne Bank. Auf der hölzernen Bank ein dickliches Mädchen. Neben dem dicklichen Mädchen ihr Schulranzen. Rund um das Szenario wartende Spatzen.

Am Nebentisch reden ein Er und eine Sie über das Theater, Mutmaßungen über den Fluch der Kerze. Auch das kann ich genießen. Eine Fahrradfahrerin fährt vor dem dicklichen Mädchen lang, zwei Spatzen schrecken auf.

Er: Das kann doch alles nicht mit rechten Dingen zugehen.

Sie: Vielleicht sind die alle vom Intendanten bezahlt, weil er den Regisseur loswerden will?

Er trinkt einen schwarzen Tee mit einem Würfel Zucker und mit ohne Milch. Dazu isst er ein Vollkornbrötchen mit Käse. Die Sonnenblumenkerne hat er als Erstes vom Brötchen abgeknabbert, vierundzwanzig Stück, und der Käse ist vermutlich Emmentaler.

Sie trinkt einen Milchkaffee, dessen Schaum mit Kakaopulver in Herzform verschönert worden ist. Sie isst nichts, könnte es sich aber leisten. Finanziell und optisch, beides an ihrer dünnen Jacke zu erkennen. Finanziell, weil, die Marke. Optisch, weil, der Schnitt.

Das dickliche Mädchen ist sonderlich. Der Grund für die Anwesenheit der Spatzen sind des dicklichen Mädchens Essgewohnheiten. Sie schluchzt und weint, verheultes Gesicht, greift dann in eine Tüte mit Chips und kaut breit und lautlos. Sobald sie runtergeschluckt hat, schluchzt und weint sie wieder eine Weile, dann greift sie erneut in die Tüte mit den Chips. Chips stellen sie ruhig. Sonderlich.

Ich glaube, es ist der nervliche Stress, den die Rolle der Kerze mit sich bringt. Der macht die Mädchen fertig, sage ich dem Ihm und der Ihr.

Das ist unhöflich, sagt er.

Was?, frage ich.

Sich einfach in unser Gespräch einzumischen, sagt er. Idiot.

Ebenfalls ist es nicht unbedingt kniggeesk, sich öffentlich irgendwelche Körner von Brötchen zu pulen, sage ich.

Beobachtet haben Sie uns also auch noch, sagt er und wird lauter. Vollidiot.

Und schreien ebenfalls nicht, flüstere ich deutlich hörbar.

Jetzt reicht es mir mit Ihnen, brüllt er schon fast. Superidiot.

Hör doch auf, beruhige dich, sagt sie.

Ich soll mich beruhigen?, schreit er sie an, und dann mich: Sie hauen jetzt besser ab.

Das ist Stefan, der hat mit mir studiert, sagt sie beschwichtigend. Hei Stefan, lange nicht mehr gesehen!

In seinem Gesicht und an seinem Hals eine hektische, rote Fläche von etwa siebenundsiebzig Quadratzentimetern, sie breitet sich aus, wie eine Eisfläche auf einem See im Zeitraffer. Bald könnte man gefahrlos auf ihm Schlittschuhlaufen.

Du kennst diesen Vogel auch noch?!, fragt er rhetorisch.

Wer sie ist, weiß ich nicht.

Auf der gegenüberliegenden Seite liegt die Chipstüte leer auf dem Boden. Zwei Spatzen sind hineingeflogen und holen sich die letzten Krümel heraus, dabei streiten sie lautstark. Chips stellen sie laut.

Mein Geduldsfaden ist in letzter Zeit auch nicht mehr das Seil, was er mal war. Merke ich. An meiner Herzfrequenz. Vielleicht ist es aber auch der Krebs, Herzkrebs?

Dann ist er kurz ruhig, da ich einen weiteren Kaffee gebracht bekomme und die Kellnerin anwesend ist, ein winziges Stück Emmentaler auf der Eisfläche unterhalb seines Mundes. Führe man auf ihm Schlittschuh, könnte man einfach in das Stück Käse reinbrettern, es wäre bestimmt weich. Schon ist sie wieder weg und schon versteckt er seine Drehzahl wieder nicht mehr.

Gut, also was ist dein verdammtes Problem, du dreckiges, kleines Stück Bärenscheiße?, frage ich ihn, während mein rechter Zeigefinger die Temperatur des eben gebrachten Kaffees überprüft. Heiß. Auf eine Antwort warte ich nicht, sondern schütte den Kaffee in sein Gesicht. Eigentlich ist es respektlos, einem Bären vorzuwerfen, er würde Idioten wie diesen Typen auskoten. Er schreit auf und scheint kurz außer Gefecht. Wäre er nicht schon rot gewesen, wäre er jetzt rot.

Sie: Stefan, du Idiot! Bernhard, geht's dir gut? Ich: Pausennutzend ins Café und einen Hunderter auf den Tresen. Für mich und das Pärchen neben mir, passt so.

Wieder draußen steht er kampfbereit. Nicht hier, denke ich, und tue, als würde ich flüchten, lasse mein Fahrrad zurück. Immer so schnell, dass er hinterherkommt, mich aber nicht erreicht.

Vorbei am Kiosk, an dem sich ein dickliches Mädchen ohne Chips eine Tüte Mäusespeck in Mäuseform und weißer Mäusefarbe kauft.

Vorbei an einunddreißig Türen und hundertfünfundsechzig Fenstern, dann die Gasse. Fensterlos. Türlos. Ohne Spatzen und dickliche Mädchen. Er und Ich.

Acht Minuten später stecke ich ihm vier seiner vorderen Zähne in die Brusttasche seines Hemdes. Einen weiteren Zahn hat er verschluckt. Einen weiteren Zahn stecke ich in meine Hosentasche. Er sieht dem ähnlich, der mir fehlt. Das könnte passen.

Die Gasse ebenfalls: ohne kabellose Local Area-Netzwerke.

Es war das erste Mal für mich. Sich prügeln. Vielleicht ist es wie mit dem Trinken. Wenn man es zum ersten Mal macht, übertreibt man. Wenn ich routinierter im Prügeln wäre, hätte er vielleicht noch ein passables Lächeln. Aber gut für ihn: Das Stück Emmentaler ist auch nicht mehr in seinem Gesicht. Essen im Gesicht ist peinlicher als keine Zähne.

Wer zum Teufel seine Sie eigentlich war, ist irgendwie egal.

Aber wer zum Teufel Inga Klein eigentlich ist, ist jetzt ziemlich wichtig.

Also ab dafür to the hotspot und bei Hotmail das hot Mädel checken. Unterwegs wieder das dickliche Mädchen. Es sitzt wieder und schluchzt und weint, solange sie keinen Mäusespeck im Mund hat. Der Anblick ist wirklich tragisch. Und, dass Mäusespeck für Spatzen ungesund ist, auch.

<><> B <><>

Als wäre sie aus einem Nichts sitzend in ihr Bett gefallen, hockt Brenda Distelhofer mit einem Mal wach auf ihrer Matratze. Gegen ihre Gewohnheit hat sie weder mitbekommen, wie sie erwacht ist, noch, wie sie überhaupt in ihr Schlafgemach gelangt ist. Auch, dass sie kein Nachthemd trägt, verunsichert sie ungemein. Irgendetwas stimmt hier ganz gewaltig nicht, denkt sie und schaut sich in ihrem Schlafzimmer um. Ein dumpfes Dröhnen liegt wie ein aufgeschütteter Damm in ihrem Gedankenfluss und nur zäh tröpfeln einige Fetzen an dieser Barrikade vorbei, nicht genug, um aus diesen Flicken eine Erkenntnis ziehen zu können.

Vielleicht ein Vollrausch. Aber wieso?, fragt sie sich, als sie ihre Kleidung leidenschaftlich verstreut auf dem Boden liegen sieht. Doch nicht an einem Dienstagabend, sagt sie sich, und fühlt in ihren Magen hinein. Übelkeit beherbergt dieser aber nicht. Doch anstatt daraus Beruhigung zu schöpfen, sucht die gelernte medizinische Praxisassistentin weiter nach noch schlimmeren Erklärungsmodellen. KO-Tropfen? Flunitrazepam?

Mehrere Minuten verstreichen, während sie konsterniert dasitzt und versucht, zu Konzentration zu gelangen, dann findet sie sich erst mal damit ab, dass ihr dieses akut nicht möglich ist. Stattdessen steht sie auf, verhüllt ihre Blöße in einer beigen Kuscheldecke und schreitet langsam in den Flur, wo sie das Mobilteil ihrer Telefonanlage aus der Ladestation nimmt. Prinzipiell und der Spätschicht geschuldet, wäre es noch früh genug, um pünktlich zur Arbeit zu erscheinen, doch möchte sie sich in dieser Verfassung niemandem zumuten, zudem ist es auch noch früh genug, um krankheitsbedingt ohne personelle Engpässe den Dienst für diesen Tag vor Antritt zu quittieren. Auf der anderen Seite der Leitung wird ihr Anliegen ohne Empörung angehört, gilt Brenda doch als gute Seele der Praxis. Nicht eine ihrer Kolleginnen würde von ihr vermuten, gegenstandslos krankzufeiern, so hoch ist ihr Ansehen in der Mitarbeiterschaft und ein Ersatz ist schnell besorgt.

Nach dem Gespräch zieht es Brenda in die Küche, wo sie macht, was sie stets nach dem Erwachen macht, nämlich gescheiten Kaffee. Nur erhofft sie sich vom psychotropen Heißgetränk nicht wie sonst nur flüssige Aufgewecktheit, sondern darüber hinaus ein wenig mehr Ordnung im Kopf. So schlimm wird das wohl alles nicht gewesen sein gestern, denkt sie, als sie an ihrem Küchentisch sitzt und jenem Blubbergeräusch entgegen harrt, mit welchem ihre Caffettiera allmorgendlich und häufig auch des Nachmittags ein fertiggestelltes Endprodukt verkündet. In ihren Ohren klingt dieses Geräusch meist wie das Jauchzen und Frohlocken himmlischer Chöre, die vom Gottesreich berichten, heute klingt es durch das Brummen in ihrem Kopf hindurch einfach wie das, was es ist, nämlich das unflätig feuchte Pupsen einer Aluminiumkanne.

Geschickt und ohne die Decke von ihrem Körper rutschen zu lassen, gießt sie sich den Bohnensaft in ihren Lieblingsbecher, der mit dem Foto eines Kamels bedruckt ist, welches sie einst während eines Ägyptenurlaubs geritten hat. Das Behöckerte stand bei Aufnahme des Lichtbildes direkt vor der Urlauberin, die dazu erst den Mut gefunden hatte, nachdem andere Touristen es ihr vorgemacht hatten und tatsächlich wirkt der Paarhufer, als hätte er im Leben nach nichts anderem als einer Modelkarriere gestrebt. Der Kopf des Kamels befindet sich genau in der Mitte der Momentaufnahme und nimmt mehr als vierzig Prozent der Gesamtfläche ein, denn das Tier zeigt, trotz frontal stehender Fotografin, eitel sein Profil, wobei es die Nüstern hoch gen Himmel reckt. Das Lächeln des Kameles wirkt geübt und mehr als ein wenig falsch, die schwulstige Haut um das sichtbare Auge ist angehoben, als wolle es sagen: »Wie froh Sie sein können, gleich auf mir reiten zu dürfen, dem schönsten Tier unter unserer stolzen und ewig scheinenden Sonne!« Ein siezender Blick. Seinen Zaum trägt das Wüstenschiff mit der Anmut eines Gladiators, der Stahlketten nicht für Geißel, sondern Rüstung und Ausdruck von Stärke hält.

Unterhalb des Gesichtes ist noch ein Stück des langen, pelzigen Halses zu sehen, welcher mit einem zierenden Schal umwickelt ist, seine Höcker und ein Stück des weiteren Rückens befinden sich außerhalb des Fokus verschwommen im Hintergrund. Der Rest ist Sanddünen und strahlend blauer Himmel, ein lauer Lüfte ewiger Dom, welchen sie sich jetzt statt des donnernden Gewitters in ihren Schädel wünscht.

Die Wand hinter der Wand ihres Schädelknochens bleibt auch, als die Flüssigkeit hinter der Wand aus bedrucktem

Porzellan verschwunden ist, weshalb Brenda eine Wand aus fließendem Wasser für die nächstliegende Möglichkeit zur Klärung ihres Geistes hält und sich unruhigen Schrittes in Richtung Badezimmer aufmacht. Vor Schreck werden ihre Augen so groß, wie die ihres haarigen Urlaubstransportmittels als sie etwas erblickt, was mit aller Bestimmtheit nicht in ihren gefliesten Privatraum gehört. Auf dem zugeklappten Deckel ihrer Toilette steht ein Objekt, welches ihr in silbrigen Tönen das durch das Milchglas ihrer Fensterscheiben eindringende Sonnenlicht entgegenglitzert. Ein Indiz ihrer Nacht. Erst scheu, dann voller Wissensdurst nähert sie sich dem Objekt und erkennt schnell, dass es sich um einen Pokal handelt. Der bauchige Edelstahlkorpus der Trophäe ist mit einem ebenhölzernen Standfuß an einem hochwertigen Basaltbrocken befestigt und auf des Ziboriums goldgespickten Deckels Spitze befindet sich kreisrund ein Emblem, welches zwei gülden scheinende Golfschläger zeigt, deren Hälse sich über einem erhaben geprägten Golfball kreuzen. Am Basaltklotz angebracht, verkündet eine hochwertige Plakette die Bedeutung des exquisiten Kelches, nämlich die Kennzeichnung des Besitzers als Gewinner des *Großen Euro Opens 2010*. Irritiert nimmt Brenda den Pokal in die Hand. Er ist wesentlich leichter, als seine Erscheinung vermuten lässt, doch das bassige Brummen in ihrem Kopf wird lauter und sperrt alle weitere Gedanken zu diesem Pokal fest in sich ein. Um sich dieser Laute in ihrer mentalen Schaltzentrale zu entledigen, steigt sie dann vor einer eingehenderen Überprüfung unter den an- und abschaltbaren, häuslich gemachten und temperaturregulierbaren Regen. Während die heißen Wassertropfen sanft auf ihren Körper plätschern, ist dieses an den meisten Stellen ihres Körpers eigentlich ganz erbaulich. Nur ihr Rücken kündet von Pein, statt sanft gestreichelt wird hier gestampft, als ritte ein Kamel mit nadelspitzer Hufe über die Wüste ihrer rückwärtigen Haut. Vielleicht die Rache des Kamels, welches eigentlich ein Model sein wollte, aber zum Transportmittel gezwungdressiert wurde, denkt Brenda. Aber ich wäre ja auch lieber Ärztin geworden, hätte gerne studiert, wenn meine elterlichen Dompteure mir nicht eingebläut hätten, erst die Ausbildung zu machen und dann mal zu gucken. Jetzt ist es dafür wohl zu spät, denkt sie weiter und dreht den Hebel der Duscharmatur von Rot auf Blau. Der Rücken dankt mit Schmerzensstille und der Rest mit Erfrischung und Durchblutungsantrieb.

Da ihr ihr eigener Körper wichtiger erscheint als das Erinnerungsstück der letzten Nacht, lässt sie den Pokal zunächst Pokal sein und betrachtet ihren stechenden Rücken im Spiegel. Sie glaubt nicht, was sie sieht. Mit Seife versucht sie das, was dort nicht hingehört, wegzuwischen. Oh my fucking god, denkt sie, aber auch, dass das Eichhörnchen mit der Nuss eigentlich ja ganz süß ist. Als dann feststeht, dass das Bild fest steht, zieht sie sich hastig an und sitzt für mehrere Stunden bei noch mehreren Tassen Kaffee in ihrer Küche, bis sie sich an ihren Computer setzt, feststellt, dass die *Zentrale Vergabestelle für Studienplätze* jetzt *Stiftung für Hochschulzulassung* heißt und ihre Bewerbungsunterlagen zusammensucht. Wär doch gelacht, denkt sie, und das Brummen in ihrem Kopf wird langsam leiser.

<><> 9 <><>

Verdammt, sage ich in Richtung Laptopmonitor, Larubbskis Rechercheergebnisse betrachtend. Und mit den Zähnen knirsche ich auch. Und auf den Tisch schlage ich. Und der Tisch ist aus Aluminium und ein Glas auf ihm klirrt, ein anderes kippt, doch war es leer.

Inga Klein wohnt zentral. Inga Klein hat ein Handy und einen Festnetzanschluss. Doch ist der nicht auf Inga Klein angemeldet, sondern auf Andy Klein. Andy Klein ist Inga Kleins Ehemann. Inga Klein ist verheiratet. Eine verheiratete Schauspielerin. Das ist eine neue Situation und auch wenn das irgendwann hätte passieren können, war ich nicht darauf vorbereitet.

Und der Portier des Hotels, in dessen Lobby ich sitze, schaut schon herüber. Was da wohl los ist, denkt er bestimmt. Was ich da wohl suche in seiner Lobby, vielleicht. WLAN, natürlich. Kostenlos. Ist das Diebstahl? Ein ungesichertes WLAN zu benutzen und in einer Hotellobby zu sitzen, ohne das Hotelgastsein auch nur entfernt zu erwägen? Ich glaube nicht. Schadet ja keinem. Die paar Datenpakete.

In einer Hotellobby zu sitzen und laut *verdammt* zu sagen vielleicht schon. Wenn gerade unentschlossene potentielle Gäste die Lobby betreten und dann das *verdammt* hören und sich dann entschließen. Entschließen, nicht einzukehren. Umdrehen, raus. Dem Geschäft geschädigt, rüpelhaft. Aber was stört mich das, als totgeweihter Körperverletzer. Und ja auch Geistverletzer. Karlas Geist. Was viel schlimmer ist als der Körper irgendeines Idioten. Der Typ hatte schließlich angefangen. War mir schließlich gefolgt.

Die Klimaanlage ist angenehm leise.

Karla hat nicht angefangen, das war alles meine Schuld. Und sie hat einen schönen Geist, oder hatte. Wir lernten uns auf den Treppenstufen der großen Bücherei kennen. Oder auch nicht »kennen«. Vielleicht: Wir wussten seit den Treppenstufen vor der Bibliothek voneinander, wie wir aussehen, heißen und wie unsere Stimmen klingen. Und dass Karla mich überhaupt kennengelernt hat, wage ich immer noch zu bezweifeln, auch in der vielen Zeit, die wir danach zusammen hatten. Ich glaube, ich weiß mehr über das Innenleben ihres Hundes, als sie über meines. Karla war gläserner als ich, gab von sich preis, formulierte intelligente Sachen, wie sie zum Beispiel dazu steht, dass ich gegen Einrichtungsgegenstände pisse.

Liquide extrovertiert, benutzte sie. Karlas Innenleben kenne ich noch besser als ihren Hund. Und das Außenleben auch. Neun Leberflecken hat sie, in ihrem Nacken einen circa acht Millimeter breiten Streifen von sehr feinen, blonden Härchen, der etwa bis zur Mitte ihrer Schulterblätter reicht. Wie viele Härchen? Hundertvierundfünfzig.

Die Klimaanlage ist jetzt ganz verstummt. Der Portier händigt einem Endzwanziger mit länglichen, braunen Haaren einen Zimmerschlüssel aus. Der Endzwanziger bittet um

Zahnpasta, da er seine vor dem Flug hätte abgeben müssen. Er komme gerade aus der Schweiz, sagt er und bekommt Zahnpasta gereicht. Grüne Tube. Karla hat nach jedem Essen die Zähne geputzt, egal wo. Blaue Tube. Sogar, als wir auf einer längeren Autofahrt kurz an einer Tankstelle eine Wurst gegessen haben. Immer Zahnbürste und -pasta in der gelben Handtasche. Keine Handtasche wie eine Handtasche, sondern eine Handtasche wie ein Seesack. Allzeit bereit für eine große Reise ins Ungewissen. Und gelb.

Der Endzwanziger kommt näher.

Frei?, fragt er und deutet auf die rote Sitzfläche des Kunstledersessels, welcher im neunzig Grad-Winkel zu meinem steht.

Ich nicke. Er riecht streng. Er zieht seine Schuhe aus und riecht noch strenger.

Ganz schön das Klima du dominierst, sage ich und fühle mich sofort blöd.

Sorry, muss mich kurz setteln, reise, reise, reise, sagt er. Eine Strähne liegt über seinem rechten Auge. Sie wippt dann und wann. Auf seinem grünen T-Shirt sind achtundzwanzig große, rosafarbene Punkte, streng geordnet wie Ameisen. Seine Frisur ist ein Ameisenbär, könnte die Punkte aufessen

Der Portier schaut argwohnisch, wahrend er telefoniert

Pinkelst du manchmal in Einrichtungsgegenstande?, frage ich

Die Klimaanlage murrt kurz, surrt dann wieder In einem Spiegel sehe ich mich und den Endzwanziger

Nicht mehr so oft, es gibt immer Arger, sagt er Und zu Hause gar nicht, fugt er hinzu Fahren wir ein bisschen mit dem Fahrstuhl hoch und runter?, fragt er Mir erschließt sich der Sinn nicht Man sieht mir das an, lese ich im

Spiegel. Hab ich doch einen Blick gedichtet, unbewusst. Vielleicht ist jeder unbewusst ein Blickdichter.

Hab das in einem Buch gelesen, da macht das ein Typ – möchte wissen, wie das ist, sagt der Endzwanziger. Die Klimaanlage wird lauter. Ich fange an, den Endzwanziger zu mögen. Also: Ameisenbärmodus off. Gefressene Punkte: 87.

Ein Feld aus roten Dioden zeigt immer an, auf welcher Etage wir uns gerade befinden. Das Feld zählt alles mit. Das Feld gefällt. Vielleicht wäre ich als rotes Diodenfeld zufriedener. Achtzehn Atemzüge von unten bis oben, achtzehn zurück. Immer, wenn wir ganz oben ankommen und die Tür sich öffnet, zeigt sich uns eine rote Hotelflurwand, vor der ein dunkler Holzschemel steht. Auf dem Schemel: eine Orchidee. Über dem Stillleben: ein in Ölfarben gemaltes Bild von einem Perlhuhn. Unten schaut immer nur der Portier. Dichtet einen Lasst-Das!-Blick.

Perlhühner gehören zu den Verlierern der Evolution. Sie liegen wie Enten auf dem Wasser. Sie bewegen sich wie Enten auf dem Wasser vorwärts, elegant, gleichmäßig. Und sie gucken dabei so, als wäre alles cool. Aber unter der Oberfläche…

Das Diodenfeld zeigt eine Vier, als die Tür sich außerplanmäßig öffnet. Außerplanmäßig, weil nur Stopps ganz oben und ganz unten eingeplant sind. Vier gehört nicht dazu. Ganz unten ist E und ganz oben ist acht.

$4 \neq E \wedge 4 \neq 8$

Eine Frau betritt den Fahrstuhl. Ihre Uhr: digital. Ihre Kleidung: ein Kleid. Ihre Wirkung auf mich: wie meine Mutter, irgendwie. Obwohl ich sie jünger als mich schätze, wirkt sie reifer. Oder wirtschaftlich verdorbener. Wahrscheinlich ist sie dick im Geschäft. Sicher hat sie Geld.

Überall wird uns vorgegaukelt, dass Erfolg = Reife. Aber ich glaube dem Ganzen, irgendwie. Sozialisation eben.

Ich habe verschiedene Krebse und werde bald sterben, denke ich.

Wir fahren mit dem Fahrstuhl hoch und runter, sage ich, denn sie dichtet einen Blick, der Verwunderung darüber ausdrückt, dass wir bei acht nicht aussteigen.

Ich werde versuchen, einen Andy Klein aus dem Weg zu schaffen, um an seine Freundin ranzukommen, denke ich.

Ich habe darüber in einem Buch gelesen, sagt der Mitzwanziger und stinkt einmal mehr.

Er muss sich erstmal setteln, dann riecht er nicht mehr so, sage ich, denn sie dichtet einen Blick, der Missmut über das Klima ausdrückt.

Bei den Perlhühnern ist es nämlich so, dass sie keine Schwimmhäute zwischen den Zehen haben. Wenn man das bei Vögel denn so nennt. Das bedeutet, dass sie sich unter Wasser ziemlich mit dem Paddeln anzustrengen haben. Wegen der Aquadynamik. Auf einen Paddelschlag von einer Ente kommen knapp zwanzig Perlhuhnpaddler. Und, bei Gott, die machen das. Um schnell sein zu können, wie die Enten.

Sie räuspert sich und quält sich ein Lächeln hervor.

Wenn Sie möchten, kann ich Sie schnell waschen, meine Suite hat eine Badewanne, sagt sie dem Mitzwanziger. Und Sie könnten mir helfen, sagt sie. Vielleicht wird es ein lustiger Nachmittag, vermutet sie laut. Und dann küssen sich der Mitzwanziger und die Frau. Ihr Kleid rutscht hoch und zeigt, dass wohl für Unterwäsche in ihrem Schrank kein Platz ist. Vielleicht hat sie doch kein Geld. Oder nur wenig Geld, welches sie dann zwanghaft für Hotelsuiten ausgibt. Das kann ich ihr ausreden, wenn sie schläft, wenn sie will. Auch wenn sie nicht will.

Und wenn man ein Perlhuhn eine Ente überholen sieht, dann denkt man nicht, was unter der Oberfläche los ist. Es wirkt ganz entspannt, dabei kämpft es um seine Reputation im Tierreich. Kämpfen, dass es mühelos aussieht. Und weder Ente noch Perlhuhn fühlen sich dabei verarscht, die machen einfach.

Und das Diodenfeld zeigt E und die Tür schiebt sich ächzend auf und der Portier steht in standpaukenhaltebereiter Haltung davor. Und er macht: nichts. Und ihm fehlen die nötigen Gesichtszüge, um den richtigen Blick zu dichten. Und blickdicht schiebt sich die Tür wieder davor, öffnet sich dann wieder bei vier, was weder oben noch unten ist und drei Personen verlassen den Fahrstuhl, zwei ineinander verschlungen, ich hintendrein.

Dann stehen zwei nackt unter einem Duschstrahl in einer Badewanne, ich sitze unnackt im Waschbecken.

Sie mit dem Rücken zu ihm, er in ihr, rhythmisch.

Sie mit den Blicken an mir haftend, ich im Waschbecken, unbequem.

Die Seife riecht wie billige Seife und ist edel verpackt.

Wieso wohnst du in diesem Hotel?, frage ich. Er bewegt sich rhythmisch. Unter ihrer Bauchdecke kontrahiert es etwas, von außen sichtbar.

Ich ma   che hi
er ein bissc h   e n Urlaub, d
da das kult k u   l tu kulturelle
Leben der Gr o   G r Großstadt
Et etwas gen i   g enie genieß
genießen u   n d ein Paar
Freund e   b esuch
besu chen!

, sagt sie rhythmisch. Und du?, frage ich ihn.

Ich
wollte nur kurz duschen und da-
nn zum Portier gehen un d sagen,
dass mir das Zimmer nich t gefällt.
Dann wollte ich nach Hau se gehen.
Wohne eigentlich direkt u m die E-
cke

, sagt er rhythmisch.

Wie heißt ihr eigentlich?, frage ich. Obwohl ich es gar nicht wissen will. In der Hand ein Stück Seife, an dem ich herumdrücke.

Ich bin Daniela, ihr könnt mich Dani nennen, sagt sie und lacht ein bisschen.

Vorstellungsrunde? Gut, ich bin Andy, sagt der Endzwanziger. Und wirkt wie ein Mitzwanziger. Der Unterschied ist nicht so groß wie bei einem Mitzehner und Endzehner, aber merklich.

Klein?, frage ich.

Sie denkt an seinen Penis und sagt Nein.

Woher weißt du…?, fragt er.

Ich mache drei Fotos mit ihrem Mobiltelefon, stecke es in die Tasche und gehe. Unter meinen Fingernägeln: ein weißer Seifenrand.

Der Fahrstuhl kommt von oben. In ihm: Frau Dr. Winnegrette. Stefan, sagt sie überrascht. Ihre Haare: zerzaust. Wie geht es dir?, fragt sie. Zum ersten Mal fällt mir auf, dass in dem Fahrstuhl leise Musik läuft. Belangloser Wenn-ich-groß-bin-werde-ich-Freejazz-Jazz. Ebenfalls zum ersten Mal bemerkt: dass die Tür beim Öffnen einen Ding-Ton macht.

Ich weiß nicht genau, sage ich. Was machst du in diesem Hotel?, frage ich.

Naja, man kann es stundenweise buchen und ich bin verheiratet, sagt sie und lächelt keck. Wieso nur denke ich Worte wie *keck*? Ein Ehering springt aus ihrer Jackentasche und stülpt sich über ihren Finger.

Vier Stockwerke tiefer und vierundzwanzig Worte plus einen Ding-Ton später fragt sie, ob ich vielleicht nochmal mit ihr nach oben fahren wolle. Noch nicht ganz ausgefüllt sei sie. Und dass ich ihr da auf jeden Fall helfen könne, wisse sie.

Ich denke an meinen Penis und sage trotzdem Nein.

Das große Glück der Perlhühner ist es eigentlich, dass sie gar nicht im Wasser leben. Gut, sie planschen ab und zu in Gewässern, wenn sie nicht gerade in der Halbwüste leben, aber ich denke nicht, dass sie dabei von Enten beobachtet werden. Aber man wird ja nochmal gedacht haben dürfen.

<><> C <><>

Ganz anders als aus amerikanischen Filmen bekannt, ist die Praxis des Psychiaters Hagen Rittmeyer eingerichtet. Es gibt keine Couch aus schwarzem Leder, keinen hellbraunen Teppich, kein großes, schwarzes Ebenholzregal mit dicken Wortschwarten. Auf keinem hölzernen Schreibtisch steht eine Lampe mit grünem Glas und einer dünnen, goldenen Kordel zum Betätigen des Aus-/Ein-Schalters. Keine gediegene Tapete wird von gedimmtem Licht gestreichelt, kein hausinternes Telefon verbindet mit einer Vorzimmerdame im adretten Minikleid.

Die Wände sind stattdessen weiß wie die beim Proktologen. Der Schreibtisch, hinter dem der Psychiater sitzt, besteht aus billiger Spanplatte, überzogen mit weißem Industriefurnier. Säße er hinter einem so prunkvollen Holzschreibtisch, wie es Psychiater in amerikanischen Filmen stets machen, man würde den alten Hagen Rittmeyer schlichtweg übersehen, denn er selbst sieht aus wie ein feingliedrig geschnitztes Ornament eines Jungendstilschrankes. Auf der sehr geraden Nase trägt er einen dezenten Zwicker, der in die Praxis hinein scheinendes Sonnenlicht reflektiert und, wenn sich der Psychiater bewegt, einen langsamen Walzer durch den Raum tanzen lässt. Doch dürfen der Schein der Praxis und die greisenhaft hölzerne Anmut des Psychiaters nicht über die enorme Kompetenz des Mediziners hinwegtäuschen. So gut ist sein Ruf, dass einige seiner Patienten eine geschlagene Stunde Autofahrt auf sich nehmen, nur um sich eine Dreiviertelstunde in seine Obhut begeben zu können. Auf dem Stuhl ihm gegenüber sitzt jetzt Peter Salmiak und schaut abwechselnd auf den Boden und in die lebendigen Augen hinter dem Zwicker.

»Es ist Ihnen also schon wieder passiert?« fragt der in der Kunst des Lösens psychischer Probleme äußerst Bewanderte seinen Klienten mit besorgter Stimme, stützt dann seinen Arm auf den Schreibtisch und umfasst mit der Hand sein Kinn. Im darauf folgenden Nicken von Peter liegt eine Mischung aus Scham und Verzweiflung, die der Arzt sofort als jene Gefühlsregungen zu erkennen vermag.

»Dann erzählen Sie doch bitte, was sich dieses Mal zugetragen hat!«

Peter Salmiak zögert zunächst einen Moment, dann schüttelt er sich heftig, so, als müsse er sich von einem Ungeheuer lösen, dass ihn fest umklammere. Nach noch einem Blick in die Augen des Arztes schaut er wieder verlegen auf den Boden und hebt zu erzählen an.

»Es war genau, wie die anderen vier Male! Ein ganzer Tag, einfach weg. Verschwunden! Ich ging Mittwoch ganz normal in mein Bett, so um kurz vor Mitternacht, und bin dann am Freitag erst wieder aufgewacht. Aber ich muss etwas gemacht haben, verstehen Sie? Auch meine Nachbarin hat mich gesehen, ich habe ganz normal um neun Uhr meine Wohnung verlassen, wie immer, sagt sie. Nur, in meinem Büro bin ich nie gewesen. Meine ganzen Businesstermine habe ich auch nicht wahrgenommen, obwohl es so ein wichtiger Tag war. Die Chinesen waren wieder da, wir hatten einen verdammt wichtigen Termin!«

Den letzten Satz betont Peter Salmiak mit so viel kindlicher Verzweiflung, dass sie sogar das Herz eines Mediziners, der schon fast alles gehört hat, trotz der vermeintlichen inhaltlichen Belanglosigkeit, zu berühren vermag.

»Und Ihr Notizbuch?« fragt der Gehirndoktor in einem Tonfall, der Peter beruhigen soll, es aber nicht wirklich tut.

Auf die Erkundigung hin greift der Patient nach seinem Aktenkoffer und legt diesen behutsam auf seinen Schoß. Dann dreht er langsam und trotzdem unentspannt die insgesamt sechs Ziffernräder der zwei Schlösser auf die Kombination 270 982, bevor er mit schallend klackendem Geräusch beide Verschlüsse gleichzeitig aufschnalzen lässt. Als sei dies die anstrengendste Aufgabe der Welt gewesen, verschnauft er kurz, bevor er den Deckel des Koffers anhebt und das schwarze Moleskine Büchlein hervorzieht.

»Sehen Sie! Ein gottverdammter Wal. Und ich schwöre Ihnen, es lag die ganze Zeit im Tresor, nur ich habe die Kombination.«

Durch seinen Zwicker blickend betrachtet Doktor Rittmeyer die Fineliner-Zeichnung im ihm hingehaltenen Buch, dabei seine Nase um des guten Brillenblickwinkels wegen leicht rümpfend. Fick mein Leben saukrass, denkt der Arzt in der Stimme seines Enkels, da er von ihm diese Formulierung beim letztmaligen Besuch der Familie seines Sohnes aufgeschnappt hatte. Natürlich sagt er das so nicht, aber kurz wünschte er, er stecke nicht in den Fesseln, die er sich als Vertrauensperson selbst angelegt hat, sondern könne, wie damals als Student, völlig bekifft an lauschigem See oder mit LSD experimentierend nackt durch einen Wald hüpfen. Zu seiner hölzernen Statur würde es jedenfalls trefflich passen, wie ein zu groß geratener Holzzwerg aus verknorpelten Baumwurzeln würde er aussehen, wie er so über Erde und Moos spränge, als gäbe es keine psychischen Probleme, sondern nur psychedelische Lösungen. Heerschaaren mythologisch interessierter Touristen würde er anlocken, die sich um die von ihm selbst in einen grasbewachsenen Hügel gebuddelte Höhle scharten, einzig, um einen Blick auf das leicht zu verschreckende Fabelwesen werfen zu können. Blätter, Pilze und Beeren würde er essen und Morgentau schlürfen und alles in ihm wäre voller reinster Liebe. Ein Zittern in des Salmiaks Hand, welches sich in rascher Bewegung im Notizbuch fortsetzt und den Wal vibrieren lässt, bringt den Geist des Medizinmannes wieder zurück in seinen Kopf, der sich nun mal nicht in einem Wald befindet, sondern auf seinem beärztekittelten Körper, auf dem belanglosen Drehstuhl hinter dem Sperrholzschreibtisch inmitten seiner weißen Praxis.

»Lassen Sie mich kurz ein Fenster öffnen,« sagt der Arzt und tut dies, die hereinschwappenden Geräusche der Straße helfen ihm, sich zu vergewissern, dass das ihn Umgebende gerade echt ist, eine Praxis in einer Stadt und keine Höhle in einem grasbewachsenen Hügel.

»Das ist nun also das fünfte Tier, das Sie an einem für Sie nicht existenten Tag gezeichnet haben?«

Peter Salmiak bestätigt mit einem Nicken.

»Und die anderen Tiere waren noch mal?«

»Hier, schauen Sie. Das war das erste Viech. Ein Schwein! Und hier, auf der nächsten Seite: ein kleiner Hund. Vielleicht ist es aber auch eine Katze, das Bild ist ja ziemlich verschmiert. Bei dem Schwein bin ich mir aber ziemlich sicher. Und dann hier das Dritte, das ist ein Kuckuck.«

An dieser Stelle unterbricht der mittlerweile wieder ganz in sich angekommene Rittmeyer seinen Patienten.

»Eule.«

»Was?«

»Das ist eine Eule. Das hatten wir doch letztes Mal schon. Kein Kuckuck. Ein Kuckuck sieht aus, wie ein gewöhnlicher Singvogel. Das ist eher eine Art Eule.«

»Ja, meinetwegen auch Eule, gottverdammt, was spielt das für eine Rolle?«

»Das können wir jetzt noch nicht sagen, aber wir sollten das schon alles ganz genau nehmen. Vielleicht ist das ein wichtiges Detail.« Beim Gedanken an die Eule ist Rittmeyers Kopf kurz wieder drauf und dran, erneut in den Wald zu flattern, doch wird sein Verstand zu sehr von der wundervollen Komplexität des Falles geschürt. Im Gegensatz zu all den langweiligen Depressionen, Mutterkomplexen und Hastenichgesehen-Phobien, weckt diese vertrackte Angelegenheit seinen Drang, Forschung zu betreiben in einem Maße, wie er ihn in dieser Intensität lange nicht mehr erleben durfte.

»Dann nehmen wir es eben genau und sagen Eule. Verdammt, Eule eben. Dann kam dieses zerrupfte Eichhörnchen, da. Sehen Sie? Sogar mit einer Nuss! Und jetzt dieser dämlich grinsende Wal, das kann doch alles nicht…« Verzweifelt schaut Peter Salmiak durch den Raum. Für heute hatte ihm der Besuch bei Herrn Rittmeyer noch nichts gebracht und er trägt sich mit dem Wunsch, irgendwo in seinem Sichtfeld an irgendeiner Wand der Praxis eine Uhr zu erspähen, auf der er nachschauen könnte, wie viel von der kostbaren Geistesheilzeit schon vertrödelt war. Aber da ist keine Uhr. Da war nie eine und dort wird frühestens eine sein, wenn der alte Rittmeyer abgedankt und seine Praxis von einem neuen Studierten seiner Zunft beerbt wird und der Rittmeyer seinen Ruhestand genießt. Sein Smartphone hat der ungeduldige Patient schon vor dem Betreten des Behandlungsraumes ausgeschaltet, was er sich direkt nach dem ersten Aufsuchen des vielbelobten Arztes angewöhnt hatte, war ihm doch ausgerechnet in dieser allerersten Sitzung der Fauxpas eines klingelnden Mobiltelefons unterlaufen und die Worte, die der Arzt darauf gewählt hatte, um ihm die Schwere seines Fehlverhaltens zu verdeutlichen, hatten Peter schwer zu beschämen gewusst. Nun aber wird Peter kurz bärbeißig ob des Arztes Verhalten. Er beginnt, dessen kurzes Schweigen, welches im Eigentlichen von hochgradiger Gehirnregung herrührt, für eine Methode zu halten, ihm dreist die Zeit zu stibitzen, ein Vergehen, welches Peter in etwa so in Rage zu versetzen vermag, wie ein klingelndes Mobiltelefon den Mediziner seinerzeit. Doch gerade, als ihn das Warten überkochen lassen und er den Psychiater einen gar miesen Spießgesellen und schludrigen Halunken nennen möchte, durchbricht Herr Rittmeyer gottlob das Silentium: »Wir müssen nun zwei Dinge klären. Zum einen sind da die Gemeinsamkeiten der Vorkommnisse, die näheren Umstände. Es ist ja auffällig, dass Ihnen immer eben jene Tage flöten gehen, an denen Sie einen Termin mit Ihren chinesischen Geschäftspartnern haben. Das kann Zufall sein, aber ich glaube es nicht. Vielleicht gibt es noch andere Gemeinsamkeiten, aber das ist immerhin unser erster Anhaltspunkt.« Peter nickt. Auch wenn er selbst schon seine Gedanken in diese Richtung hatte schlindern lassen, so tut es ihm dessen ungeachtet ungemein gut, die Wahrscheinlichkeit dieses Ansichtsanfluges von einer Vertrauensperson paraphiert zu wissen. Herr Rittmeyer fährt in einem fort: »Zum anderen müssen wir klären, was Sie mit den von Ihnen gezeichneten Tieren verbinden. Hinter diesen Bildern muss einfach mehr stecken, als nur das, was sie zu sein scheinen. Wir müssen erörtern, was sie mit Hunden, Schweinen, Eulen und Walen verbinden, zudem, wo da der gemeinsame Nenner in ihrem Unterbewusstsein verborgen liegt. Wenn wir diesen Nenner gefunden haben, müssen wir zudem überprüfen, ob und durch wie viele andere Tiere sich diese Liste noch erweitern lässt, damit wir einschätzen können, wie oft Sie solche fehlenden Tage noch maximal zu befürchten haben.« Die letzte Annahme des Arztes fußt auf dessen Auffassung, dass die Ausbrüche seines Patienten von einer posttraumatischen Stessverknibbelung herrühren, die sich irgendwann in dessen Kindheit, vielleicht während eines Zoobesuchs oder der Lektüre eines Kinderbuches, in dessen Synapsen eingeschlichen hat. Zum Ausbruch kommt dieser als Kind verknibbelte Stress immer, wenn der Leidende sich mit Chinesen zu treffen hat. Vielfältige Herkunftsvarianten der Verknibbelung rasen wie ein Film in hundertfacher Geschwindigkeit vor des Gelehrten innerem Auge ab. Zunächst sieht er den kleinen Peter als unbedarften Knaben an der Hand seiner Mutter an einem Affengehege entlangstreifen, als plötzlich der chinesische Zoowärter Wen Jinping festen Hiebes einen schutzbedürftigen kleinen Affen mit einem Bambusrohr heftig malträtiert. Abrupt lässt der kleine Junge die schützende Hand seiner Mutter los, um sich durch das Zuhalten seiner Augen vor dem grässlichen Anblick zu schützen, schafft es so aber nicht, seine Ohren vor den gellenden

Schreien des geprügelten Primaten zu versiegeln. Das Muttchen, vom jähen Entzug der Hand bang geworden, verliert daraufhin das Gleichgewicht, stürzt zu Boden und rollt, da sich der Weg am Affenhaus vorbei zur besseren Sicht auf einer Anhöhe befindet, den Abhang zur anderen Seite herunter, eben dorthin, wo sich der eingezäunte Bereich für die Löwen befindet. Jene Löwen wurden an diesem Tag noch nicht mit ihrer täglichen Ration herzhafter Fleischbrocken versorgt, weshalb eines der mähnigen Biester die Gelegenheit beim Schopfe packt und mit seiner Pranke durch die Gitterstäbe hindurch ein schmackhaftes Stück der Frau aus ihrem Oberkörper entfernt, um sich daran gütlich zu tun. Dann zerfließen die Affen, Löwen und die angeknabberte Mutter zu einem Teich aus Farbe, verwirbeln sich zu einem grauen Strudel, strömen wieder auseinander und formen ein Peterchen als Baby von vierzehn Monaten, liegend auf dem Wickeltisch. Das Dekor des Wickeltisches zeigt allerhand Säugetiere und eine Eule und der Grund des Liegens auf dem Tisch riecht an diesem Tag aufgrund vorhergegangener schlechter Ernährung besonders fäkalekelig, weshalb des Babys Erzeuger, der der Frucht seiner Lenden ohnehin nur in Ausnahmefällen frisches Windelwerk anbringt, besonders angewidert vom Verfahren ist. So sehr von Degout angefüllt nämlich ist er, dass er seine Augen zusammenkneifen muss und diese wie enge Schlitze wirken. Das Baby, welches bisher nur auf die ihn umgebenden Tiermotive geachtet hatte, schaut plötzlich gen Papa, dem in diesem Moment ein Schauder den Magen rotieren lässt und man kurz darauf sagen kann, dass des kleinen Menschen Gegessene des großen Menschen Gegessene durch den Hals wieder zu Tage fördert, in strammem Strahl und Richtung des Kindes. Dann zerfällt das Bild der beiden Blutsverwandten und des Kackhosenwechselplateaus in unzählige kleine Scherben, die silber werden und sich in langen, buschigen Schlangen zu Lametta zusammenfinden, welches, um eine domestizierte Nordmanntanne gewickelt, im Schein der an dem Baum angebrachten und entzündeten Kerzen wild funkelt. Neben dem Nadelgewächs sitzt ein Hund, der gerne gegen das Grün urinieren würde, sich aber bis Januar gedulden muss und direkt unter der Weihnachtspflanze ein etwa neun Jahre alter Peter, der gerade wesentlich ungeduldiger, nämlich so hastig, wie nur ein Kind es kann, Geschenkpapier zerfleddert. Mit großen Augen hält er nach beendetem Auspackprozess einen Karton in der Hand, welcher eine in Kleinstteile zerlegte und zum Selbstaufbau auffordernde riesengroße Märchenwunderweltenminiatur voller Tiere, Ritter und Piraten beinhaltet, erworben bei der Spielzeugmarketenderin des Erzeugers Oheims Vertrauens. Der Vater des Jungen klopft ihm in Erwartung eines Freudenschreis voller Inbrunst auf den Rücken, und tatsächlich entspricht das Erhaltene genau dem Wunsch des Knaben. Und sofort wollen die beiden Männer der Familie loslegen und Zerlegtes sinngebend zusammenfügen, doch, oh Schreck, die beigelegte Anleitung ist lediglich in chinesischer Sprache verfasst, sodass ihre architektonischen Bemühungen nicht ansatzweise zu einem befriedigenden Ergebnis führen und der Knabe seinen Lebensspender zum ersten Male scheitern sehen und seine Allmacht anzweifeln muss. Eine Welt zerbricht. Wie von mächtiger Geister Hand beginnen dann die einzelnen farbenfrohen Bausteine durch die Luft zu wirbeln und mit ihren wachsenden Plastikkörpern den ganzen Raum einzunehmen und ihn schließlich zu sprengen, sodass auch Teppiche, Wände, Weihnachtsdekorationen und anwesende Personen zu kleinen Plastikbausteinen auseinanderkrachen und in atemberaubender Geschwindigkeit konzentrisch in den Kosmos spirographieren. Wie der Anziehungskraft eines Schwarzen Loches folgend, rasen die Partikel dann unvorbereitet auf den Mittelpunkt zu und bilden eine prächtige Keramikmurmel, die von Pennälern auf dem Schulhof in eine Sandmulde gepfeffert wird. All die Schulbuben und -mädchen tragen illustre Tierkostüme, deren Mannigfaltigkeit aufgrund der Karnevalszeit üppig ist, und da die Schule schließlich nach einem Wissenschaftler, der sich um die Zoologie sehr verdient gemacht hatte, benannt ist, war es auf der diesjährigen Schulkonferenz Konsens gewesen, einen Tiergarten als Motto der schulinternen Rosenmontagsveranstaltung zu erwählen. In der einen Ecke des Schulhofes stehen ein paar Igel bei einer gemeinsamen Flasche Kakao, auf dem Basketballfeld werfen ein Frosch und ein Maulwurf ein paar Körbe und die Spitze des Klettergerüstes wird in wildem Gefecht von einer Eule und einem Wal umkämpft, als die Pforte des Schulhofes von Peter Salmiak aufgestoßen wird. Sofort tiefkühlt sich das vorher so heiße Treiben auf des Bildungsinstitutes Außenareal und bestimmt hundert tiermenschhybride Augenpaare fokussieren den Neuankömmling, der wohl ein Nonkonformist zu sein scheint, trägt dieser doch weder Katzenschwanz, noch Federkleid oder Robbenblubber. Peters Sechstklässlerkopf ist stattdessen mit einem traditionellen Reisbauernhut bedeckt, der einen Schatten über die Schulter seines roten, mit goldenen Drachen bestickten Herrenkleides wirft. Oberhalb des Mundes ziert sein Antlitz eine blonde Strähne seiner Mutter, die mit Haarspray zu einem nach den Seiten hin spitz zulaufen Bart moduliert und mit Uhu angeklebt worden war. Nach eisigen

Schockmomenten bricht eine Stampede los, selbst verfressfeindete Tiergattungen legen ihre Fehde beiseite und bündeln ihre Kräfte gegen das Wesen, welches sich selbst zur Krone der Schöpfung ernannt und sie damit allesamt mindestens um eine Stufe herabgesetzt hat. »Salmiak – hat kein Sack – Miau«, »Kotburschi! Kotburschi! Kotburschinese!« und allerhand Böseres wird da gerufen, gezwitschert, gegrunzt und ge-wal-lautet, bis endlich ein Lehrkörper den tierischen Spuk beendet und Peter ohne Kinderbowle wegen Verfehlen des Themas wieder nach Hause schickt, wo er sitzt, bedauert und weint, während das Treiben auf dem Schulhof noch munterer weitergeht als zuvor und jeder für immer ausgegrenzt sein möge, der diesem pittoresken Budenzauber nicht beiwohnte. Und dann sprudelt die Freude in einem Maße aus den Füßen der Tierkinder und Tierlehrpersonen, dass sie wie Feuerwerksraketen in die Luft rasen und unter lautem Getöse detonieren und immer neue Bilder formen. Das alles und noch viel mehr sieht Herr Rittmeyer vor seinem geistigen Auge in nicht einmal drei Sekunden, so gut funktioniert sein in früheren Jahren des Öfteren halluzinogen erweiterter Denkapparat.

»Nun, was verbinden Sie mit diesen Tieren? Denken Sie nach!« fordert der Herr des schnellen Bildgedankens sein Gegenüber auf, dessen Zerebrum in der Zwischenzeit mitnichten stillstand, wenn es sich auch nicht so überschlagen hatte, wie das des nun Fragenden. Und auch, wenn er sein Ergebnis nicht so recht wahrhaben und lieber verdrängen möchte, so ist es doch um Welten wahrscheinlicher, als jedes Szenario im Kopf des Arztes.

Statt also zu antworten, wird er backpulverbleich. »Stäbro. Gottverdammt!« denkt er, schluchzt, flucht und brüllt in sich hinein. Da hätte er früher drauf kommen können. Schuldgefühle drücken ihn fest auf die Sitzfläche des Stuhles.

»Da haben wir also Ihre Stressverknibbelung angekratzt«, sagt zufrieden Herr Rittmeyer und gibt dem Salmiak die Zeit, die er benötigt, um sich zusammenzusammeln.

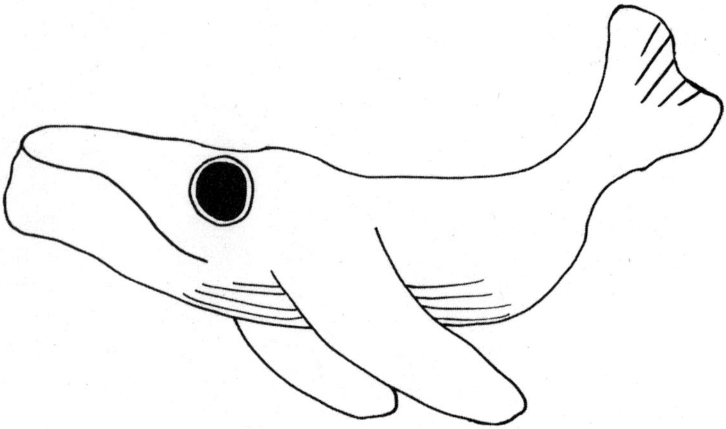

<><> 10 <><>

Und dann wieder zurück zur Basis. Kurz. Auf den Treppenstufen vor dem Haus sitzen. Zuvor im Drogeriemarkt.. Abzüge in 300dpi gemacht. Digital ist schneller. Wahnsinn. Aus dem Haus gegenüber schreit Ehestreit, der weibliche lauter als der männliche. In meiner Hand: ein Zahn. Vielleicht passt er, vielleicht passt er nicht, ausprobieren löst stechenden Schmerz aus, jedes Mal. Logo und der Nachbar im Garten. Eine mittlerweile heisere Stimme wechselt sich ab mit Rasenmähergegröle. Eine neue Band feiert Geburt, alle Vögel verstimmt.

Als nächstes also klein Inga von der Fremdgeherei klein Andys überzeugen. *Pic or it didn't happen*. Zum Glück happened it gestochen scharf. Und dann Chance nutzen. Tröster spielen, vielleicht. Oder Rachegelüsteverwirklichungskomplize. Ein Hoch auf das digitale Bild. Aber eine Schauspielerin und Monogamie? Vielleicht ist es ihr einfach egal. Oder doch Klischee? Trösten und same procedure as every Kerze, wenn alles gut läuft, sonst vielleicht drastischer werden. Nicht so drastisch wie beim Zahn in der Hand, aber drastischer eben. Kurz Karlas Nummer in das Handy getippt und mit dem roten Hörer wieder gelöscht. Zum viertausendsiebenhundertdritten Mal. Aus dem Haus gegenüber klirrendes Porzellan. Möchte das ist doch noch gut, da kann man noch reinpissen brüllen. Schweige. Ein Polterabend soll gewöhnlich die bösen Geister verjagen. Was aber tut ein Polternachmittag? Zwischen der endenden Liebesbeziehung und der beginnenden Musikkarriere wäre kaum ein Unterschied zu hören, hätte die Band noch eine Sängerin. Ende Neu, wie das Album der Einstürzenden Neubauten. Vielleicht hat die Frau ja auch einen Kredit bei Logo. Ihr Organ hat Potential. Wenn ich zum Erscheinen des ersten Albums noch lebe, werde ich diese Anekdote erzählen. Aber: unwahrscheinlich. Dass es ein Album geben wird genauso wie dass ich dem Erscheinen noch beiwohnen kann. Die Vorwahl von Karla eingetippt, dann abgebrochen. Ingas Nummer eingetippt und auch abgebrochen. Viertausendsiebenhundertvier. Verschnaufen notwendig. Sammeln. Gegenüber öffnet sich die Tür. Ein weiblicher, sehr roter Kopf auf Körper im weißen Sommerkleid. Sicher: Nicht nur Zorn rötete diesen Kopf. Schnaps bestimmt auch. Du Schwein, brüllt sie. Fick dich, ruft das Haus zurück. Dann heult sie, sehr laut. Wenn telefonieren, dann drinnen, bei der Kulisse. Handy in die Hosentasche, verschnaufen. Ich bring mich um, schreit sie. Alles so anstrengend heute. Mach doch, rufe ich, doch werde überhört. Ihre Augen dichten keine Blicke, zu verquollen die Lider. Ihr Gesicht dafür ein ganze Sammlung von Sonetten der Verzweiflung. Dann wird es erbärmlich. Folgendes:

Eine Frau mit einem roten Kopf kniet sich vor ein Planschbecken, bedruckt mit großäugigen, niedlichen Fischen, platziert im Vorgarten. Heulend und Selbstmorddrohungen ausstoßend.

Aus meinem Garten:

Heisere Stimme: *Die Hölle!*, dann Rasenmäherdröhnen.

Ich ertränke mich jetzt, schreit sie, bevor sie es versucht. Nämlich ungefähr so: Zunächst beugt sie sich leicht vor und dippt ihr Gesicht ins Wasser. Dann lehnt sie sich auf den Rand des Planschbeckens, um ihren Kopf tiefer unter Wasser zu bekommen. Die aufgeblasenen Plastikringe, drei Stück, die den Rand des Planschbeckens bilden, sind nicht dazu gemacht, ihr Gewicht zu halten.

Aus meinem Garten:

Heisere Stimme: *Sind die anderen!*, dann Rasenmäherdröhnen.

Die Ringe geben also nach, sodass ihr Oberkörper in sie einsackt. Das Plastik quietscht. Aufsteigende Wasserblasen sagen, dass sie etwas sagt, unter Wasser ungehört.

Aus meinem Garten:

Heisere Stimme: *Shakespeare!*, dann Rasenmäherdröhnen.

Dann sinken die Ringe an der Stelle der Frau tiefer als der Wasserstand. Wenn Wasser die Chance hat zu fließen, dann kann es gar nicht anders, als sie auch zu nutzen. Das ist so ein Lageenergieding. Lageenergie wird zu Bewegungsenergie. Deswegen muss man auch liegen, wenn man im Schlaf wirklich Energie sammeln möchte, oder so. Also fließt es und zwar durch das weiße Kleid der Frau und an ihrem Körper vorbei, in einer großen Welle, denn das über den Rand fließende Wasser übt ja auch Druck auf die Ringe aus und senkt diese noch mehr. Dann also: fischbedrucktes Planschbecken leer, Frau nass. Naturgesetze 1 – Lebensentsagungstrieb 0.

Putzige Fische töten dich nicht und Flusspferde gibt es ja keine in Deutschland.

Aus meinem Garten:

Heisere Stimme: *War ein dämlicher Fotzenkopp!*, dann Rasenmäherdröhnen.

Ich habe noch nie einem Selbstmordversuch beigewohnt, aber jeder zukünftige kann nicht erbärmlicher sein, als dieser hier. Apropos Zukunft – welche Zukunft?

Ich weiß nicht, welche Art mit seinem Schmerz umzugehen ich am traurigsten finde:

a) Mäusespeck und anderes fressen, um nicht zu weinen
b) versuchen, sich in einem Planschbecken zu ertränken
c) einem Typen die Zähne aus dem Gesicht faustieren

Klatschnassen Oberkörpers stellt sie sich verblüfft hin. Das Rot des Gesichtes einem Weiß gewichen. Das Weiß des Kleides einem Transparent gewichen. Ich muss Punkt b) ergänzen um *und danach wie der Verlierer eines Wet-T-Shirt-Contests aussehen.*

Aus meinem Garten:

Heisere Stimme: *Denn die Hölle!*, dann Rasenmäherdröhnen.

Am traurigsten ist sicherlich a). b) ist, besonders mit Zusatz, eher einfach nur lächerlich. Und c) ist schon auch ein bisschen traurig, zumindest für die Person, der die Zähne entfernt werden. Freude drückt sich ja über Lächeln aus und wenn das plötzlich weg ist… Also a) c) b).

Sie hält sich die Hände vor das Gesicht, schluchzt und erinnert mich an eine Werbung für Gameboys. Als Nintendo der damals so klobig grauen und heute als Retrogottheit verehrten Konsole mehrere neue Anstriche verpasste. Da gab es dann auch einen mit durchsichtigem Plastik drumherum. Du bist nackt, sagte der rote Gameboy in der Werbung zum dem mit durchsichtigem Plastik. Nein, transparent, sagte der Durchscheinbare.

Du bist nackt, brülle ich auf die andere Straßenseite.

Nein, transparent, sagt sie nicht, sondern rennt ins Haus.

Aus meinem Garten:

Heisere Stimme: *Sind WIR!*, kurzes Rasenmäherintermezzo, dann Lachen. Hier verstehen sich zwei, da verstehen sich zwei nicht und was verstehe ich schon. Meine rechte Hand ist geschwollen, meine linke nicht und langsam fangen die Vögel wieder an zu singen, denn wo die Band ihre Probe und das Pärchen sein Geschrei beendet hat, darf ja jetzt nicht plötzlich Stille sein. Freier Schallraum will genutzt werden. Das Flugzeug am Himmel fliegt zu hoch, um sich hörbar zu machen. Kondensstreifen zeigen, wo es herkommt.

Ein Auto fährt zu langsam die Straße entlang, vielleicht sucht der Fahrer eine Hausnummer. Kurz das Handy aus der Hosentasche gezogen und wieder zurückgesteckt.

Der Fahrer raucht eine Zigarette, das Fenster auf der Fahrerseite ist geöffnet. Er schaut in meine Richtung und macht, dass ich mich beobachtet fühle. Also rein oder in den Garten. Plötzlich ist es so schwer, sich zu entscheiden. Zu viele Gedanken. Also in den Garten, da ist Bier, das schaltet ein bisschen aus. Nervös. Oder doch rein, weil Leute im Garten. Anstehende Telefonate machen mich oft zittrig. Trotz Callcenter-Routine. Die waren mir ja persönlich nicht wichtig. Bei dem Zittern ist es kein Wunder, dass die Zahnintegrationsversuche schmerzhaft waren. Für den Garten entschieden, ohne eine Entscheidung gefällt zu haben. Zumindest nicht mit dem Kopf. Die Beine sind einfach losgelaufen. Der Körper macht ja sowieso was er will. An unpassenden Stellen Zellhaufen erzeugen, zum Beispiel.

Stäbro, alte Dachpappe!, freut sich Logo. Das ist Stäbro, werde ich dem Nachbarn vorgestellt. Der Nachbar ist auf den FKK-Zug aufgesprungen. Drei sehr tiefe Falten durchfurchen seinen speckigen Bauch, Planschbeckenassoziationen. Er ist der Beckenrand der Bürgerlichkeit und hat den Rasenmäher beiseite gestellt. In seinem Bauch könnte man sich ersticken, Speckfalte anheben, Kopf rein, warten, tot. Keiner außer mir hört die Vögel.

Nennt mich ab heute Sterbo, sage ich, schüttle niemandem die Hand und gehe doch ins Haus. Warum bin ich gerade so unkonzentriert?

Aufs Bett setzten wird's richten. Das Telefon aus der Tasche, einen Blick gedichtet, der dem Telefon verrät, wie sehr es mich anwidert. Aber es kann nicht gucken. Durch das Fenster aus dem Garten:

Heisere Stimme: *Die Menschen sind in ihrer Art alle so negativ. Negativ! Neee gaaa tiiiiiv. Und Stäbro auch.* Dazu wird ein bunter Teller Rasenmäher gereicht. Gerade der Beginn einer künstlerischen Karriere ist sehr produktiv, schon der zweite Hit in zehn Minuten.

Fenster geschlossen und zurück aufs Bett. Der ganze Raum ist so verdammt abgezählt, da kann man sich nicht mit Zahlen ablenken. Außer, man tippt sie wahllos ins Telefon, ohne die Wähltaste zu drücken. Ein Musikinstrument, das man selten als ein solches wahrnimmt. Wenn ich noch in die Band da unten einsteige, dann als Texter. Und als Telefonspieler. 3-3-2-1 / 6-6-3-2 klingt für mich so ziemlich nach dem Anfang der Nationalhymne der DDR. Ich könnte mich auf den Baum setzen und die Melodie nachpiepen. Ich könnte aber auch den Prokrastinationsprozess beenden und verdammt nochmal telefonieren, schnell.

Aber nein, ich leite den Masturbationsprozess ein. Wenn man schon mal auf dem Bett sitzt. Prokrastinationsmasturbationsprozess, deutscher und gleichzeitig fremdwörteriger kann man sich die Palme nicht schütteln…

<>< 11 <><

… unkreativer auch nicht. Statt mir dabei etwas vorzustellen nur mitgezählt, wie oft sich meine Hand hoch und runter bewegt. In einer Nebenrechnung, wie oft ich mit Speichel nachbefeuchten muss. Und jetzt zwar noch oben voll, aber wenigstens unten leer. Vielleicht sind ein paar Milben gestorben, ich habe nicht gezielt. Eine Dusche ist notwendig. Das Beziehen eines Bettes ebenfalls. Notwendiger aber das Führen von Telefonaten. Die Nummer von Inga schon eingetippt. Nicht löschen, dieses Mal. Nur das Betätigen der Wahltaste lässt auf sich warten.

Milben sind so klein, dass man sie nicht sieht und ernähren sich von Hautschuppen und Kram. Spermien sind auch so klein, dass man sie nicht sieht und ernähren sich von ... wovon eigentlich? Vielleicht findet auf meinem Laken ein Kampf statt, Milbe gegen Spermium, Mikrotiere gegen Mikromänner. Die Mikromänner können einzig mit ihrer Schwanzflosse zuschlagen und haben keine Augen um zu gucken, was sie treffen. In meinem Kopf der Kampf zwischen Narkolepsie und endlich anrufen. Wenn das

Schlachtfeld getrocknet ist, werden jene Milben, die nicht in den Kampf verwickelt waren, über den Kriegsschauplatz marodieren und gucken, was sie alles essen können. Egal, wie die Einzelkämpfe entschieden werden, im Endeffekt gewinnt das Tier. Sperma gewinnt sowieso nur äußerst selten, wenn man sich überlegt, wie viele Spermien es gibt und wie viele davon tatsächlich ihr Ziel erreichen. In Relation dazu sind Eizellen absolute Gewinnertypen. Wenn ich ein Mikroskop hätte, würde ich vielleicht mal meine Spermien abzählen. Wieso eigentlich Darmkrebs? Ausgerechnet Darmkrebs? Genetische Disposition vielleicht. Und die Blicke gen Telefon und jetzt der Impuls. Gleich mach ich's. Gleich mach ich's wirklich. Aber erst nochmal mir selbst, vielleicht. Das Schlachtfeld vergrößern, erneuern. Also zumindest mal das Telefon weglegen. Und dann überrascht es mich. Gerade, als ich es in der Hand habe. Vibrato schüttelt mir die Flosse, ausgelöst von unbekannt. Herzkammern füllen und leeren sich schneller. Wer nur? Vielleicht ein Arzt, Fehldiagnose, ein Hurra von mir erwartend. Fuck, würde ich sagen. Ich will diesen neuen Zustand und sollte ich doch noch lange leben, dann nur in diesem Zustand. Fatalistisch todesnahes Teenager Fuck Off-Dasein. Milben sind klein und dumm und bezwingen trotzdem mein Sperma. Ich will auch klein und dumm sein und trotzdem das Gewichse der anderen bezwingen. Die zweite Vibrationswelle. Das Display blinkt. Läge es mit dem Gesicht nach unten auf dem Laken, wäre jetzt Milbendisco. Wie Audisau würden die kleinen Biester rumwackeln vor Freude. Eigentlich wegen der Vibration. Und miteinander flirten und sich dann vermehren gehen. Disco im Bett mit direkter Vögelmöglichkeit. Sowas müsste es in menschentauglicher Größe geben, ich würde Inga einladen, es würde alles einfacher machen. Einen Swingerclub, nur unverfänglicher. Und ohne Menschen mit Planschbeckenrandbauch. Nach den Treppenstufen der großen Bücherei war Karlas und mein erstes Date auch in einer Diskothek und endete dann in einem Bett. Ich weiß nicht, was ich an Karla nicht gezählt habe. Kann sie mir komplett als Konstrukt aus Ziffern vorstellen. Die rote Eins von damals, links in ihrer Brust, aus der ich zwei Nullkommafünfen gemacht habe, leuchtet. Lässt mich Kerzen jagen, bemüht um Reparatur. Und zum dritten Mal brrrrrrrrrrrrrrrt vom Fon. Nun wäre es höflich, dranzugehen. Nach oder während der ersten Vibration ans Telefon zu gehen ist unhöflich. Es überfordert den Anrufenden, mit so schneller Antwort wird nicht gerechnet. Dritte Vibration, sehr höflich. Aber unbekannte Nummern sind immer riskant, unberechenbar. Wo ich doch so gerne rechne. Zählen ist auch rechnen. Eine einfache Addition um Eins pro gezähltem Element. Die Länge der Additionsketten ist gleichzeitig das Ergebnis. Ich könnte mir Karla auch als Additionsketten vorstellen. Ich könnte der Kettenlänge entsprechende Luftschlangen anfertigen und sie an einer Leine aufhängen und in der Mitte wären zwei Nullkommafünfer, phosphoreszierend. Ich könnte die Metapher als abstraktes Kunstwerk aufhängen und es *abstrakte Anschauung der Metapher* nennen. Oder *Kindergeburtstag*. Oder *Zeremonie der besiegenden Milbe*. Oder, oder, oder. Ich könnte, ich könnte, ich könnte. Ich sollte ans Telefon gehen. Die Additionskette der Telefonvibrationen verlängert sich erneut, dieses Mal um dreiunddreißigkommadrei Periode statt um fünfzig Prozent. Dann mach ich mal. Annehmen gedrückt. *Hallo* gesagt. *Stefan?* gehört. Männerstimme. Sofort klingelt es. In meinem Kopf. In der Hasszentrale. Sehr laut. Die

Schublade Peter Salmiak springt auf und verstreut Fotos in meinem Kopf. Die meisten von mir mit Hitlerbart oder Pickeln oder Teufelshörnern bemalt. Nackenhaare stellen sich auf, die Katze macht sich kampfbereit. Sage *Wichser*, lege auf. Übersprungshandlung. Wüsste ja schon gerne, ob mein Plan aufgegangen ist. Aber so unvorbereitet einfach zu telefonieren?

Aber,... naja, die Milben hatten ja auch keine Wahl. Plötzlich kam der Gegner von oben angeflogen und platsch.

Kurzer Blick aus dem Fenster. Der suchende Wagen hat gefunden und sich gegenüber abgestellt. Das Fenster geöffnet, die Band macht Pause, der Streit ebenfalls. Vielleicht ein Anwalt. Die Vögel: aktiv. Vögel sind monogam, meistens. Wild in der Gegend rumzuvögeln kann also nur bedeuten, mit ein und derselben Person an verschiedenen Orten Sex zu haben. Die meisten benutzen das falsch. Otter sind hart polygam. Wild in der Gegend herumottern ist, was die meisten mit wild in der Gegend herumvögeln meinen. Monogam, Bräutigam. Karla und ich hatten auch Hochzeitspläne. Sie aber nicht in die Tat umgesetzt. Jetzt hat sie einen Hund, zwei halbe Herzen und ich Schuldgefühle. Ein Herz kann man nicht reparieren, singt Udo Lindenberg, relativiert das aber im selben Lied wieder. Zum Glück, sonst hätte das hier alles keinen Sinn. Zumindest, wenn Udo Lindenberg immer recht hätte. Wie aber soll man mit so einem Hut nicht recht haben. Menschen mit Hüten finde ich gut.

Brrrrrrrt schallt es erneut vom Bett. Dieses Mal liegt das Telefon auf dem Gesicht. Dieses Mal ist Disco angesagt. Eine Party als Entschuldigung für das Samenattentat. Danach gegriffen, angenommen, unhöflich, noch vor dem zweiten Brummen. Statt *Hallo* jetzt mal einfach *Ja?* gefragt und mich ans Fenster gestellt. Der Blick muss schweifen können, damit im Kopf nicht die verunstalteten Fotos des Gesprächspartners sichtbar werden.

Hör mal Stefan, ich weiß, ich habe ganz schöne Scheiße gebaut, sagt er. Hat er auch. Im wahrsten Sinne. Er hat *meine* Scheiße gebaut.

<><> 12 <><>

Das war nämlich so. Peter war mal ganz cool und Stammgast auf dem Sofa in meiner alten Wohngemeinschaft. Das Sofa: Dreh- und Angelpunkt der damaligen Abendgestaltungsplanung. Damals hatte ich noch Biologie studiert. Der Tiere wegen. Tiere sind gut, das wusste ich schon immer. Ein Biologiestudium eher weniger. Deine Berufsaussicht, wenn du es kategorisch ausschließt, Kinder zu unterrichten: Labor. Und weiße Kittel waren noch nie so meins. Im Labor eingesperrt mit eingesperrten Laborratten. Und Erlenmeyerkolben. Als Verhaltensbiologe nicht, aber bekomm da mal einen ordentlichen Job. Erstens ist das vom Trend her nicht mehr gefragt und man will ja auch nicht zu den Eingesperrten im Zoo, das hält man nicht aus, Neurosen überall. Und die Vögel auf den ostfriesischen Inseln werden von Säcken im freiwilligen ökologischen Jahr gezählt. Mein Traumjob, verschenkt an Bildungsbürgerhippiekinder, die nicht wissen, was sie machen sollen. Lass ich mir von Papa sofort das Studium finanzieren oder zähl ich erst noch ein paar Vögel?

Aber was gelernt habe ich trotzdem. Nämlich, dass der menschliche Körper im Gegensatz zu dem einer Kuh, nicht dazu in der Lage ist, Zellulose zu zersetzen. Schau nach maisreicher Mahlzeit mal nach, das meiste Maisäußere kommt so wieder raus. Diese Information mit einem Magendarminfekt kombiniert brachte die Idee. Denn wenn man vier Mal in einer Stunde die Toilette aufsucht, werden die Fäkalien langweilig. Warum nicht aus Zellulose kleine, essbare Tierchen stanzen, die Mensch dann ausscheidet? *Animal Shit* sollte das dann heißen. Scheißen ist scheißlangweilig und dann plötzlich nicht mehr. Alle Sofaaufsässigen waren begeistert, dichteten *habenwill*-Blicke. Allgemeiner Beifall. Selbst wenn es nur ein Produkt für Kiffer ist, wäre der Markt groß. Mögliche Anwendungsgebiete:

- als Zusatz von Backmischungen
- in Kindermüslis
- in Schokoriegeln
- in gequirlten Eisbechern von Franchisefastfoodversorgerschweinen

Dann also recherchiert. Ergebnisse:

- das Produkt gibt es noch nicht, auch nicht in so ähnlich
- die Tiere könnten durch bestimmte Farbstoffe verschiedene Farben haben
- das Produkt wäre gesundheitlich vollkommen unbedenklich
- alle Zutaten sind bio und fairtrade zu haben
- die Gewinnspanne wäre trotzdem enorm
- ich habe wirklich Bock, das umzusetzen
- Karla ist auf meiner Seite
- ich habe wirklich, wirklich, wirklich Bock, das umzusetzen

Dass Karla mit von der Partie war, war das Wichtigste. Sie gehörte nicht zu diesen Sofaleuten. Gefangen in der Polsterwelt. Hatte immer versucht, sie von den Kifferleuten fernzuhalten, auch mit Erfolg. Ihre Meinung zu dem Ganzen war nie so vernebelt. Stringenz war ein bisschen ihre Stärke, sie brannte für Klarheit.

Ich brenne selten für etwas, aber wenn, dann vollständig. Gerade brenne ich für Karla, damals eben für die Verschönerung von Scheiße. Auch aus politischen Gründen. Und dann der Schlag. Mitten ins Gesicht. Und gegen die Brust. Und gegen die Beine. Gleichzeig, so groß war der stacheldrahtumwickelte Boxhandschuh, der mich traf. Denn während ich recherchierte, wurden anderen Ortes bereits Nägel mit Köpfen gemacht. Vom Salmiak, dem Judas. Alle Patente bereits angemeldet und einen Vertrieb für das Produkt in Amerika bereits gefunden. Unterschriebene Verträge, angeleierte Marktforschung, alles unter Dach und Fuckyou. *Seine* Idee: *Funky Shit*. Bunte Sterne und rote Herzen aus Zellulose als biologisch unwirksames, jedoch kotverzierendes Nahrungsergänzungsmittel. Meine Idee, sein Geld. Zudem: keine Bereitschaft zu Gesprächen bezüglich dieses Themas. Überhaupt keine Gespräche. Eher: ein Verschwinden von der Bildfläche. Und das Produkt: natürlich der absolute Renner. Alle Überlegungen ausgespielt, von Backmischung bis Eisbecher, alle Lizenzen gewinnbringend an die Firmen gebracht. Nur eben mal funky auf bio und fairtrade geschissen. Was das Schlimmste war. Denn der Hintergedanke: mit der Scheißdekadenz des Westens die Welt andernorts besser zu machen. In der Form von glücklichen Tieren, weil sie es seit jeher richtig machen. Eine politische sowie künstlerische Idee dem Kommerz geopfert. Und wie man so von Vertrauten hörte: Expansionspläne für alle Kontinente.

Sehe ich irgendwann einen Karton *Funky Shit* irgendeiner Art in irgendeinem Kaufhaus, wird dieses brennen. Das Produkt wie auch der Laden. Vielleicht sollte ich das Casinogeld zu einem Flugticket machen und die USA anzünden. Napalm, kennen die da ja ganz gut. Zumindest habe ich die Asien-Expansion unterbunden. Auf meine Art eben. Eine Art, die ihn jetzt bei mir hat anrufen lassen, wahrscheinlich.

<><> 13 <><>

Ja, sage ich also. Du hast Scheiße gebaut. Abfälliger Ton, weil tonnenweise emotionaler Abfall in meinem Kopf. So viele Beleidigungen im Kopf, zurückgehalten von Neugier.

Aus dem Haus gegenüber kommt der bestrittene Ehemann mit dem Fahrer des Wagens. Sie unterhalten sich auf dem Weg zum Auto und sind zu leise, als dass ich sie hören könnte.

Ich will das wiedergutmachen, sagt Salmiak, die Stimme so versucht weich, als hätte er sich selbst als Pastille geschluckt.

Was genau wiedergutmachen?, frage ich, als wüsste ich von nichts. Zumindest glaube ich zu wissen, dass er nicht im Geringsten weiß, was eigentlich mein verdammtes Problem mit der Sache ist. Natürlich, Geld haben ist geil und eine gute Idee soll auch belohnt werden. Aber dass der Ficker meiner Idee bei seiner Umsetzung alles Subversive genommen hat. Manchmal möchte man töten. Tät ich es, würde ich in U-Haft sterben. Der Wunsch, dass der Zahn in meiner Hand von ihm sei, wird größer.

Du weißt schon, das mit dem Funky Shit, sagt er. Das reicht natürlich nicht. *Das mit dem Funky Shit* ist definitiv zu wenig. Sorry Milben, ihr wisst schon, wegen der Sache mit dem Sperma. Der Ehemann und der Fahrer steigen gemeinsam in den Wagen. Besser mal mit den Fingerknöcheln gegen die Scheibe geklopft. Die sollen um Himmels Willen leise fahren, die Vögel wollen singen.

Was genau soll ich denn wissen?, frage ich.

Das Auto fährt laut an aber leise weg. Hoffentlich nur verschaltet. Im dritten Gang angefahren oder so. Ansonsten alles im Lot auf der Straße. Rotkopf-Frau von gegenüber schaut dem Wagen auch durchs Fenster im ersten Stock hinterher. Wenig im Lot in unseren Köpfen, anscheinend.

Naja, dass ich dir die Idee, du weißt schon, druckst Salmiak rum.

Dass du sie mir gestohlen hast?, frage ich, als wäre ich sein Vater und hätte einen pädagogischen Auftrag.

Genau, sagt er.

Das ist gar nicht mein Problem, sage ich sehr ruhig. Die Scheibe gegenüber beschlägt auf der Höhe des Kopfes der Frau, trotzdem leuchtet er rot durch. Es fühlt sich so an, als wäre alles in meinem Körper nur Kotze. Jeder Knochen, das Blut, die Organe, jede Zelle, das Gehirn, sogar die erlösenden Tumore. Und ich müsste nur einmal unbedacht aufstoßen, und dann läge das hier alles auf dem Teppich und meine Haut würde wie ein Overall auf dem Boden zusammensacken. Die Milben hätten ganz schön zu tun. Nur nicht in das Telefon schreien jetzt. Die Stirn kühlt sich am kalten Glas der Scheibe. Wenn ich als Kind nicht einschlafen konnte, habe ich immer circa alle fünf Minuten das Kissen umgedreht, denn die Rückseite war kälter. Es stimmt schon, was man so über kühle Köpfe sagt. Irgendwas bringt das.

Nicht dein Problem?, fragt Peter und das Fenster gegenüber öffnet sich. Immer noch im transparenten Kleid, steigt sie auf das Fensterbrett, dann springt sie. Und dann bleibt plötzlich die Zeit stehen. Gut zu erkennen an den Staubflusen, die hier am Fenster durch das Sonnenlicht sehr gut zu sehen sind und sich plötzlich nicht mehr weiterbewegen. Besser zu erkennen an der Fallenden. Irgendwo zwischen Fensterbrett und Planschbecken hängt sie in der Luft. Nur ich atme, der Rest der Welt: eingefroren. Dieser Welt, zumindest. Jener Welt, die alle aus dem Fernsehen und den Zeitschriften kennen, durch die sie spazieren, in der sie ihre Kinder zur Welt bringen. Die Welt, in der ich noch zwei Monate zu leben habe, maximal. Was passieren wird, ist völlig klar. Und da es hell werden wird, mache ich die Augen zu. Und dann geht es los. Auf der Haut ein Gefühl, als würden Lichtstrahlen mich abtasten, durch die Kleidung hindurch. Genau wie beim letzten Mal. Jenes letzte Mal, das auch das erste Mal war, etwa zwölf Jahre her. Und dann das Ziehen am gesamten Körper. Jeder einzelne Punkt wird in eine andere Richtung gezogen, als wäre da ein Vakuum und man müsse an jedem Ort des Universums gleichzeitig sein. Und die Welt eingefroren und nur ich versuche zu schreien, doch da bin ich auch schon weg. Aufgelöst. Und dann wieder da, liegend, auf etwas sehr kaltem, umgeben von katzenähnlichen Personen, halbdurchsichtig, geschlechtslos. Kommunikation durch Gedanken. Brommer, denkt eins der Wesen. Ja, denke ich. Willkommen zurück, denken alle geschlossen, einige geben Geräusche von sich, die klingen, wie Lachen. Ich werde sterben, mein Körper hat Krebs, denke ich ihnen entgegen. Du bist und bleibst ein Mensch. Du hast völlig vergessen, was du tun solltest, denkt eines der Wesen. Angestrengtes Kramen nach Erinnerungen. Seit dem letzten Mal konnte ich diese Dinge mit Schlafenden machen, sie neu programmieren. Aber warum – ich weiß es nicht. Wirklich nicht. Hatte vermutet, dass es ein Tagtraum war. Und jetzt ist es ein Déjàvu dieses Traumes. Und plötzlich wieder zurück in meiner Wohnung, am Fenster und die Frau stürzt ihre restlichen Meter. Regungslos und mit dem Kopf nach unten bleibt sie im Planschbecken liegen. Putzige Fische töten dich also doch, wenn du es nur richtig angehst.

Bist du noch da?, fragt Salmiak.

Ja. Da hat sich gerade eine Frau aus dem Fenster gestürzt, gegenüber, sage ich. Neben dem Planschbecken spielen glückliche Spatzen in Wasserpfützen. Ich sollte das auch machen. In Wasserpfützen planschen. Wie gut das wäre. Einfach nur platschplatsch und plansch und so, meine Fresse.

Können wir uns treffen?, fragt Peter. Können wir. Auf maximal zwei Bier und eine Ohrfeige, denke ich und wir machen für gleich einen Termin aus. Inga muss heute noch kurz warten, Karla deswegen wohl auch. Inga weiß es nicht und Karla ist das ja gewohnt.

<><> D <><>

Als Serafina Schrenkegart das Holz der Tür zu Herrn Rittmeyers Praxis per Klopfen erschallen lässt, will der Psychiater den kleinen Stoffbären in seiner Hand ruckzuck in der obersten seiner Schreibtischschubladen verschwinden lassen, doch er fällt neben die Schublade und landet auf dem Boden. Der Teddy hat seine besten Jahre bereits verlebt, sodass es niemanden zu wundern vermag, dass weite Teile seines Felles aufgrund intensiver Streicheleinheiten verschwunden sind, wodurch das darunterliegende, feinmaschige Netz zur Schau gestellt ist. Den Prozess des Erkahlens wohl beschleunigt hatte die übermäßige Nutzung von klinischem Desinfektionsmittel, mit welchem der Arzt seine Hände nach jedem Patienten kräftig einrieb, obwohl es in seiner Zunft zum einen nur bei der Begrüßung und der Verabschiedung zum Handschlag kommt und man es zum anderen ja gar nicht mit physisch Kranken, also nicht mit infektiösen Menschen, zu tun hat. Rittmeyer reinigte trotzdem, vermutlich genoss er den kurzen Rausch, den er erlebte, wenn er mit seinem Gesichtszinken jene sterilen

Dämpfe tief in seine Lunge zog. In diesem kurzen Sinnestaumel streichelte er dann immer seinen kleinen Stoffmeister Petz und genoss die Liebe, die ihn bis ins Mark erfüllte. Jetzt liegt der kleine Kuschelgeselle auf dem Boden, was den Rittmeyer zwar betrübt, doch tröstet ihn die kurze Liegedauer von gerade mal fünfundvierzig Minuten. Auch, so denkt er sich, wird er dann schneller zum Kosen des unbeseelten Wesens kommen.

Nachdem sich Serafina ihren keimfreien Handschlag abgeholt und sich gesetzt hat, muss sie zunächst eine optische Musterung über sich ergehen lassen. Auf den alten Mann wirkt sie äußerst desolat, ihre Verfassung lässt enorm zu wünschen übrig. Seit dem Tag vor vier Jahren, an dem sie vom Psychiater als geheilt erklärt wurde, hatte sie diese Praxis nicht mehr betreten. Er hatte ihr gut geholfen, der alte Mann, umso mehr zittert sie jetzt, als sie einen Rückfall befürchtet. »Sie sind ja ganz aufgelöst, Frau Schrenkegart. Beruhigen Sie sich doch erst einmal« weist der Mediziner besorgt an.

»Ich,… ja! Das… wir… den, ähm! Nein, nein, nein. Herr Rittmeyer! Das… wir so können Sie das wir. Gott oh Gott! Bären! Verstehen Sie?«

Herr Rittmeyer versteht nicht, zumal er Adressat einer psychisch völlig fehlcodierten Botschaft ist.

»Ihre Stressverknibbelung scheint zurückgekehrt zu sein, Frau Schrenkegart. Vielleicht sollten wir Ihnen kurz etwas spritzen, damit Sie sich beruhigen?«

»Sie so! Ja, ja, das wünschen sie sich alle. Männer! Und dann erst ihre Bären. Kackärsche, alles. Ich höre das immer noch um meine Gedanken herum. Schauen Sie!« Mit diesen eher kryptisch gehaltenen Worten reißt sich Serafina ihr enges Baumwollhemdchen vom Leib. Die Beschaffenheit ihres Oberkörpers, welche man am besten mit *sehr gutes Bindegewebe* beschreiben kann, macht das Tragen eines Büstenhalters für diese Frau unersprießlich, weswegen ihn zwei munter in die Welt blickende Möpschen anglänzen, allerdings nur für einen sehr kurzen Moment, denn dann dreht die Dame sich um und ihm den Rücken zu. Sie lässt ihre linke Hand über ihre rechte Schulter schnellen und deutet eindringlich mit dem Zeigefinger auf eine Tätowierung zwischen ihren Schulterblättern. Die Tätowierung zeigt einen Bären, dessen grobe Linienführung und große, possierliche Augen den Mediziner unmittelbar an die Zeichnungen seines Patienten Salmiak denken lassen.

»Der Bär. Kackarschbär, einfach war er da! Dieser Rudermeister mit dem Pokal, der war auch da, sagen die in dem Café. Aber ich höre das. Das Brummen nämlich. Da brummt der Bär, in meinem Kopf, Kackarschbär!«

Wieder dreht die Patientin sich schlagartig um und stützt ihre Hände auf der Oberfläche des Schreibtisches ab. Millimeternah kommt ihr Kopf dem des Arztes, dann schreit sie laut *Bär* und lässt sich, immer noch barbusig, wieder auf der Sitzgelegenheit für Patienten fallen. Dass der Leidenden in dieser Verfassung nicht durch Gespräche zu helfen ist, kann der Herr Doktor nicht mehr leugnen. Zunächst muss die Stressverknibbelung durch intensive Ruhe und besonders auch medikamentös angeknibbelt werden, bevor vernünftige Gespräche sie aufknibbeln können. Nur widerwillig greift der Mediziner zum Telefonhörer, um eine Zwangseinweisung in die Wege zu leiten. Ein bisschen verrückt findet der Rittmeyer ja sympathisch, aber der Zustand von Frau Schrenkegart ist gefährlich verrückt. Dass sie überhaupt den Weg in seinen Heilraum gefunden hat, nimmt der Gelehrte schon ein wenig wunder, doch erfreut es ihn im gleichen Maße.

Nach getanem Telefonat mit dem psychiatrischen Notdienst, wendet er sich wieder der Halbnackten zu, die er während des Gespräches für keine Sekunde aus seinem Fokus hat kommen lassen.

»Sie werden gleich abgeholt und dann gehen Sie ein bisschen auf Kur. Jetzt werde ich Ihnen ein Mittel spritzen, damit Sie ein bisschen ruhiger werden. Ich denke, das ist in Ihrem Interesse?«

Serafina nickt und Dr. Rittmeyer weist sie an, ihr T-Shirt wieder anzuziehen und sich auf die Liege zu legen, welche eine herbeigerufene Sprechstundenhilfe hereingerollt hat. Heute wird sich das Desinfizieren endlich mal wieder richtig lohnen, bei so viel Kontakt, denkt der Arzt und zieht sich trotzdem seine Gummihandschuhe an. Nachdem er in der Nähe ihres linken Armes Position bezogen hat, erlegt er ihr auf, den Blick doch besser nach rechts zu wenden, damit der kurze Pikser sie weniger beunruhige. Wieder pflichtet sie mit einem Nicken bei. Als dann ihr Kopf die Bewegung um neunzig Grad vollzogen hat und der Arzt gerade dabei ist, die Sollstichstelle zu desinfizieren, schreckt die Frau jäh wie rabiat auf, denn nach der Drehung kiebitzt sie zwangsläufig und unmittelbar auf den am Boden liegenden Stoffbären. Die Sicherungsinstanz zwischen Benehmen und Verhalten, im Volksmund auch als Verstand bekannt, der bei ihr ohnehin schon vom Stress angeknibbelt ist, durchschmilzt innerhalb einer Millisekunde wegen der plötzlichen Feuersbrunst, hervorgerufen von zu vielen elektronischen Signalen, die alle simultan durch ihre Synapsen schlackern wollen. *Pow!* Mit weit aufgezogenem Kiefer und unmenschlicher Miene dreht sie sich nach links und beißt zänkisch in den Ärmel des Arztkittels, dessen Inhaltes Ende gerade damit beschäftigt ist, eine Spritze mit der geisteskrampflindernden Flüssigkeit aufzuziehen. Schreck lässt die Einwegspritze der Hand entgleiten, woraufhin sie zu Boden fällt. Wie ein hungriger Bär knabbert Serafina am Arm des Mediziners, der mit seiner anderen Flosse nach ihrem Haarschopf greift, um sie von sich zu lösen. An den Haaren gezogen zu werden bringt die Unzurechnungsfähige auf eine ganz pfiffige Idee, nämlich, selbst auch an Haaren zu ziehen, was sie alsdann tut. Tief versinkt ihr Patschehändchen in des Arztes weißgrauer Mähne, ihre Zähne lösen sich von seinem Arm und dann zieht sie mit einem Ruck des Mannes Kopf gegen ihre Stirn, wo dieser heftig mit der Nase aufprallt. Der Bruch der Medizinernase lässt sogleich eine unsägliche Menge Hämoglobinsaft aus selbiger schießen, zudem erschwert ein starker Tränenandrang an den dafür vorgesehenen Drüsen des Mannes Sicht, sodass er ins Straucheln gerät und, da sein Körper reich an Lebensjahren ist, ungeschickt herniederfährt.

»Sie stecken mit der Decke unter einem Bären«, gellt es aus ihr heraus, während sie sich aufrichtet und von der Liege springt. Was sie damit meint, kann man sich bestimmt gut denken, wenn einem nicht gerade mit aller Gewalt die Nase gebrochen wurde. Dann steht sie vor dem Mann und spreizt mit ihren Füßen seine Beine, bevor sie mehrere feste Tritte in die Mitte des Dreiecks aus Schenkelfleisch unternimmt. Dem Mediziner bleibt nichts anderes übrig, als vom Schmerz übermannt in eine erlösende Ohnmacht zu fallen. Fick mein Leben saukrass denkt er, dann tritt er der Tritte wegen weg.

Serafina aber ist des Zerstörens nicht müde geworden und stürzt sich nun auf den Bären. Mehrmals tritt sie ihn durch den Raum, ihm immer noch während des Fluges nacheilend und nicht auf herumstehendes Interieur achtend. Himmel hülf, was für ein Gezeter! Warum nur hört die Sprechstundenhilfe nichts?

Als der Bär neben dem Schädel des Arztes zum Liegen kommt, tritt sie gegen beides gleichermaßen. Hernach schnappt sie sich den leichten Brieföffner aus Bakelit vom prachtlosen Schreibtisch, dessen Griff sie fast panikartig umklammert. Mit der freien Hand hebt sie den teilkahlen Zottelbären vom Boden auf, was ihr sichtlich Ekel bereitet. Dann lässt sie ihn, so weit wie es ihre Finger erlauben, im Mund des Mannes verschwinden und schiebt schließlich mit dem Brieföffner nach, wobei sie sich den Weg unfein freistochern muss. Wenig später ist sowohl von kuscheligem Kinderspielzeug als auch von promovierter Atemtätigkeit nichts mehr zu sehen. Bevor ihr klar werden kann, was sie in ihrer erbitterten Raserei Unschönes ausgefressen hat, öffnet sie mit dem Brieföffner kein dafür vorgesehenes Couvert, sondern ihren Hals. Der wenige Minuten später eintreffende psychiatrische Notdienst findet dann in der Praxis kein Leben mehr vor und erspart sich so eine Menge Papierkram, den an seiner statt dann zwei Beamte der Kriminalpolizei zu bewerkstelligen haben.

<><> 14 <><>

Die Luft der Kneipe so abgestanden wie die Insassen arbeitslos, nämlich Langzeit. Die Öffnungszeit von vierundzwanzig Stunden pro Tag schließt die Fenster anscheinend nicht mit ein, eingeschlossen also die alkoholschweißschwangere Atmosphäre. Der Gesprächsaustragungsort absichtlich so gewählt, offensichtliche Metapher für was in mir drin ist. Und wenn es zum Äußersten käme, wären alle Zeugen zum Zeitpunkt der Beobachtung unzurechnungsfähig. Auf dem Weg Sätze zusammengebaut, Vorwürfe zerwürfelt und neu verschachtelt in Hasstiraden gestrickt. Wie eine Welle quillt die Luft beim Betreten entgegen und schiebt sich über den Bordstein. Innen sofort entdeckt: drei Einrichtungsgegenstände, die ich gerne mal mit Urin bedenken würde. Drei Einrichtungsgegenstände und eine Person. In diesem Falle vielmehr: Unperson. Einfach vor den Salmiak stellen, anpissen und er weiß, was er wissen soll. Die Möglichkeit bestünde. Säße er direkt an der Bar, wäre es komplizierter, Kollateralschadenrisiko, aber er hat sich den runden Tisch in der einzigen Ecke der Kneipe ausgesucht, die einem Separee ansatzweise nahekommt. Klar, dass er vor mir da sein würde. Auch klar, dass ich ihn ein bisschen warten lassen würde. Unklar: die Luft und warum er sich genau jetzt gemeldet hatte. Erst ruhig bleiben und eben das rausfinden, was dann passiert, überlassen wir nicht dem Verstand. Reizreaktionsschema raushängen lassen, vielleicht.

Eine der fünf gelben Lampen ist kaputt. Nimm gelbes Licht, dann sieht man's nicht. Mit *'s* gemeint: Nikotinwände, Nikotinvorhänge, Nikotinhäute, Nikotinfilme über allen Dingen. Sechs Schritte auf den Tisch zu, nicht die Hand zum Gruß gereicht, nicht einmal gelächelt oder genickt.

Karla und ich waren hier genauso oft, wie es brennende Lampen gibt. Soziologische Milieuforschung zur Vorbereitung auf eine Rolle, die sie spielen sollte. Immer gut vorbereitet gewesen, die gute Karla. Für die Rolle der Kerze war sie sogar im Kindergottesdienst und hat der Christennachwuchsmeute beim Kerzenziehen zugeschaut. Und ich habe ihr beim Zuschauen zugeschaut.

Und zwei Nächte in einem Kerzenladen geschlafen hat sie. Und ich habe ihr beim Schlafen beigeschlafen.

Und abgenommen hat sie. Was nur nötig war, weil sie sich auf die vorherige Rolle eines frustgefräßigen Teenagers gut vorbereitet hatte. Und ich habe ihr das Abnehmen als Arbeitsvorbereitung abgenommen. Die gute Karla, immer bestens vorbereitet. Nur eben auf meine damalige Verfehlung nicht. Konnte sie trotz all des Perfektionismus natürlich auch nicht. Ich als unkontrollierbarer Faktor in ihrem Leben. Und in meinem eigenen oft auch. Wenn das Es im Ich zu stark ausgeprägt ist, ist es Essig. Ätzendes, aber auch glücklich machendes Sauer. Und jetzt dem Über-Ich gehorchen und nicht direkt den Fremdgedankenvorteilsnehmer und Weltzuscheißer richten und vernichten.

Und wie gequält er aussieht.

Einen Stuhl vom Tisch abgerückt, beidhändig, dem Delinquenten direkt gegenüber. Schlage ihn, solange du noch stehst, diese Position bietet dir enorme Vorteile, grunzt Es überheblich und quietschvergnügt.

Trotzdem hingesetzt und ihn gemustert. Früher auf dem Sofa sah er anders aus. Auf einen Anzug hat er verzichtet. Streetwear ist angesagt, sie kommt gerade frisch von der Stange und passt nicht zusammen. Klar. Seine Kleidung soll mir suggerieren, er wäre einer von uns. Wahrscheinlich heute noch gekauft. Mit Suggestion kenne ich mich aus. Aber wer sind diese *uns*? Sein erster Fehler. Ich traue nicht der Verpackung. Wenn Logo in seinem Anzug hinter seinem Bankschalter steht und eine Überweisung entgegennimmt, dann ist er ein Punker. Da macht der Anzug nichts. Aber wenn der Peter hier versucht, leger zu wirken… Keine Baggy Pants der Welt ist groß genug, um den Stock zu verstecken, der aus seinem Arsch ragt. Als wolle er den Turmbau zu Babel toppen. Echt allerdings: die Verzweiflung in seinen Augen.

Kommt bestimmt nicht oft vor, dass man sein Gewissen in einer Kneipe wie dieser trifft. Jiminy, die Grille aus Pinocchio, würde sich hier bestimmt nicht rein trauen. Fressen Kakerlaken Grillen? Vielleicht würden die mit dem Holz der Bar verwachsenen Gestalten sie mit einer Knabberei verwechseln. Ein bisschen Abwechslung zu den Erdnüssen und Salzstangen. Der grüne Farbklecks würde auf jeden Fall auffallen, bis er mit einer gelben Nikotinschicht überzogen wäre und aussähe, wie alles andere hier. Im Nahrungsmittelquartett würde die Erdnuss in der Kategorie *Fett* und Jiminy in der Kategorie *Eiweiß* gewinnen.

Wie soll ein Tier, also ein nur Es, eigentlich ein Gewissen sein? Vielleicht hat Freud aber einfach nur zu viel Mist verzapft. Zu verschachtelt sowieso. Beim Pumuckl ist der Kobold eher das Es und Meister Eder sein Gewissen.

Also?, frage ich und durchdringe Peter mit meinem Blick.

Er holt erstmal Bier, zwei große. Er hat schon eine Fahne, will bestimmt nicht, dass ich sie mitbekomme. Zu spät. Dann sitzt er wieder.

Okay, hör mir zu, sagt er. Und verlangt von mir damit genau das, was ich gerade sowieso will. Nämlich zuhören und seinen hoffentlich großen Schmerz genießen. Dazu ein Bier, was will man mehr? Was zu knabbern vielleicht. Mit Eiweiß.

Dann bin ich jetzt aber mal gespannt, sage ich. Warum sage ich das so? Von all den Möglichkeiten, den Sätzen, die ich hätte sagen können. *Dann bin ich jetzt aber mal gespannt,* wie ein Oberschulrat, der sich die dubiose Ausrede eines auffällig gewordenen Schülers anhören möchte. Oder wie eine Mutter, die eine Schachtel Zigaretten in der Hose ihres Sohnes gefunden hat. Ein Wort hätte gereicht: Los! Oder: Also? Letzteres fällt raus, das hatte ich schon benutzt. Nundenn?, vielleicht.

Ich fasse seinen Kopf an den Schläfen und nähere mich seinen Ohren. Wenn er nicht schläft, werde ich ihm nichts Tiefergehendes nahelegen können, aber die letzten paar Sekunden kann ich ihn vergessen machen. Den Ohren genähert und die Prozedur eingeleitet, dann wieder zurückgelehnt. Er sammelt sich, schaut kurz verwirrt und sagt: Okay, hör mir zu!

Nundenn, sage ich und höre ihm zu. Und dann erzählt er und erzählt. Und man mag es nicht für möglich halten, aber Glück durchströmt meinen Körper bis in jeder Faser Ende. Und Bier und Kurze, wie die sieben anderen Versprengten in dieser Kaschemme.

Abgesehen vom jugendlichen Fatalismus des Krebszustandes ist die andere Goldseite der Medaille, dass ich so später nicht vegetieren werde. Weil es dieses *später* nicht geben wird. Wenn es zur Blütezeit der alten Herren schon Callcenter gegeben hätte, dann wären diese versprengten alten Herren in meinem Alter Callcentermitarbeiter gewesen. Bis ihre Zigaretten ihre Stimmbänder unfreundlich gemacht hätten, sie zu brummig für den Job geworden wären. Dann das plötzliche Aus. Geld weg, Frau weg, Attraktivität sowieso. Die Kneipe als neuer Lebensabschnitt. Oder: Sterbensabschnitt. Okay, ein bisschen charmant ist es schon. Zumindest eine Dreiergruppe alter Herren, die nicht wie die anderen vier an der Bar sitzt. Sie spielen Karten und benutzen ihre brummigen Stimmen tatsächlich für Kommunikation. Peter auch. Nur: seine Stimme eher weichgespült. Denn: Für Arschkriechen musst du deinen Kopf ölen, klar, dass dabei auch was von dem Öl in deinen Hals gleitet. Und weil Peter so erzählt, zähle ich nicht mehr mit, wie viel die alten Herren bestellen.

Was Peter erzählt, wirkt, als hätte er sich vorher dieses Haus aufgezeichnet. Dieses Auswendiglern-Haus. Man stellt sich dabei ein Haus mit beliebig vielen Zimmern vor, wobei jedes Zimmer ein Argument ist. Die Einrichtungsgegenstände sind die jeweiligen Prämissen, die das Argument logisch machen. In diesem Haus bewegt man sich im Geist ganz frei hin und her, sodass man sich nicht wirklich aus dem Konzept bringen lassen kann, denn jedes Argument befindet sich in dem Haus und man muss es nicht mehr verlassen. Er redet also in ein Haus vertieft.

Der erste Raum, durch den er läuft, ist die große Eingangshalle der Entschuldigung. An der Garderobe hängen ein »es tut mir so leid«, im Schirmständer liegt betroffen ein »ich weiß, es ist dein geistiges Eigentum«, die große Lampe an der Decke leuchtet »demütig«. Mir ist sofort klar, dass die Räume in seinem Gedankenhaus kreisförmig angeordnet sind. Mit Querverbindungen zwar, damit er, falls ich Fragen stelle, schnell in die anderen Räume gucken kann, aber im Prinzip ist das hier auf einen Rundgang ausgelegt, sodass er am Ende wieder in der Entschuldigungshalle landen wird. Es kotzt mich an. So vorhersehbar, aber immerhin, er redet.

Aus der Eingangshalle geht es in das Schlafzimmer der Vergangenheit. Was damals in seinem Leben alles schiefgelaufen sei. Wie wenig Erfolg er bei Frauen hatte. Wie scheiße seine Mit-BWL-Studenten waren. Und so weiter und so forsch, ein Argument nach dem anderen formuliert, notdürftig herbeigewetzte Erklärungen, wie das alles passieren konnte. Um mich zu besänftigen und mir Verständnis abzuringen.

Der Kneipier steht bei den Kartenspielern, eine Bestellung aufnehmend. Spannender als Salmiaks Worte im Vergangenheitsschlafzimmer. Die alten Herren bestellen sich Butterkuchen und Cola-Korn. Vielleicht habe ich die Situation doch falsch eingeschätzt. Wenn man hier tatsächlich *Butterkuchen* bekommt, ja, dann ist das hier vielleicht doch das Paradies und Jiminy, die Grille bliebe verschont. Vielleich bin ich auch einfach schon tot? Gestorben beim Betreten der Kneipe. Weil ich Lebtags immer so gegen die Veränderung gewettert habe. Gegen die aus dem Boden sprießenden In-Cáfés, Lounges und Szenegastronomie mit ihren Hipstern und Werbedesignern. Und mein Paradies ist jetzt eine ranzige Altherrenkneipe mit Butterkuchen und einem Typ, der sich fadenscheinig bei mir entschuldigt. Ich überprüfe, ob ich ein Geist bin, aber meine Hand gleitet nicht durch die Tischplatte sondern sagt *pock*. Wenn Peter sich nicht das Haus ausgedacht hätte, dann wäre er jetzt verunsichert. Warum klopft der jetzt?, würde er denken und den Faden verlieren. Noch verunsicherter durch meinen Ruf zum Kneipier, mir ebenfalls einen Butterkuchen zu bringen. Nur mit dem Wissen, dass der Kuchen nicht das sein kann, was mich umbringen wird, werde ich ihn genießen können.

Dann wird das Fazit »ganz schlimme Zeit, damals« unter dem Bett hervorgezogen und Peter kann mich mit in die »Besserer-Mensch«-Küche schleppen. »Moral« in der Mikrowelle, »Anstand« im Mixer, ein großes »wie wichtig alte Freunde sind« in der Obstschale, alles mit Pathos gefliest. Was er an »Gutmenschlichkeit« alles aus dem Kühlschrank holen kann, verblüffend.

Dann landet ein UFO auf dem Tisch. Fliegende Untertasse, wahrscheinlich zu einer Teetasse gehörig, größer ist der Teller nicht, auf dem der Butterkuchen serviert wird. Farbe des Kuchens: genau wie der Rest. Nikotingelb. Die Untertasse auch. Wer sich darüber freut, ist entweder ein ausgehungerter Hamster oder drei alte Herren auf Cola-Korn. Wahrscheinlich wäre es angebracht, dem trockenen Stück gebutterten Zuckers (auf Mandeln wurde verzichtet) eine Gabel beizulegen. Wahrscheinlicher aber ist, dass das zu gefährlich wäre. Drei alte Herren, alkoholisiert und mit Butterkuchen-Cola-Zuckerschock auch noch zu bewaffnen, ist just not the right thing zu tun. Obwohl ich auch nicht weiß, woran sie schneller sterben: den Bakterien, die sie durch das Mitderhandessen in sich aufnehmen, oder den vermutlich sehr schwachen Gabelstößen, angetrieben von ihren Armen, die gerade noch kräftig genug sind, um ihre Spielkarten festzuhalten. Wahrscheinlich unterschätze ich sie. Ganz sicher unterschätze ich sie. Die Jugend unterschätzt das Alter immer. Umgekehrt genauso. Der Kneipier wird schon wissen, wie er seine Leichen am Leben hält.

Von der »Besserer-Mensch«-Küche geht es jetzt in den Raum, auf den ich die ganze Zeit warte. Die »Gewissensbeißer«-Vorratskammer. Hier ist es relativ dunkel. Peter erzählt von den Qualen, die ihm sein Gewissen wohl bereitet. Dass er sogar zum Psychiater musste. Dass ihm ganze Tage fehlen und er immer wohl nur die Tiere malt, deren Shit mein Shit und jetzt widermoralisch sein Shit und Geld ist. Aus einem Einmachglas holt er eine »Stressverknibbelung«, wie sein Psychiater es nenne. Muss ein ziemlich dummer Psychiater sein. Mein Glück.

Zur Unterstützung zeigt er mir ein Notizbuch mit den Zeichnungen der Tiere, die er gemacht hat. Sechs Tiere sehe ich, das letzte ist ein Bär. Sechsmal *Hell yeah* gedacht. Und plötzlich schmeckt der Kuchen ganz famos. Wenn man etwas erreicht hat, schmeckt die Belohnung. Was die Kartenspieler wohl erreicht haben? Wofür die sich gerade wohl belohnen. Ihre Kuchen: bereits verschlungen. Die Luft in ihren Gläsern ständig durch Getränk ersetzt. Ihr Quasselpegel steigt mit ihrem Alkoholpegel. Lauter und unverständlicher.

Und in mir ein Aufatmen. Die Rachemaßnamen an Peter Salmiak haben gegriffen. Vier Stunden hatte ich damals auf den Schlafenden eingeredet, ihn programmiert. Lückenlos, anscheinend. Er hat keine Ahnung, was er macht. Keinen Schimmer von Pokalkäufen, Fraueneroberungen und Tätowierungen. Nur zu schade, dass er noch nicht erwischt wurde. Auch unter meinem Einfluss scheint er sich noch geschickt anzustellen. Vielleicht habe ich zu perfekt an ihm gearbeitet. Wie aber auch nicht perfekt arbeiten, wenn einem das Ergebnis wichtig ist? Wie sich nicht auch mit Abspecken auf das Spielen einer Kerze vorbereiten?

Zumindest ein Treffen mit seinen chinesischen Geschäftspartnern hat es noch nicht gegeben, wie ich im nächsten Zimmer erfahre. Denn zu lange will er sich nicht in der Vorratskammer aufhalten, anscheinend gibt es für ihn dort noch Monster, die er zwar spürt, aber von denen er nichts weiß. Aber ich weiß und das reicht ja. Also raus aus der Vorratskammer und hinein in die »Gummizelle der Friedensangebote«. Alle Gegenstände weich eingepackt, die Worte sehr gewählt, hier darf nichts Falsches gesagt werden. Peter, du bist so durchschaubar wie Klarsichtfolie, denke ich und lasse meine Lippen den Satz formulieren und mit den Stimmbändern Ton hinzufügen. Logisch, dass er das nicht von meinen Lippen liest. Er ist in seinem Haus und die Vorhänge der Fenster sind sicherheitshalber zugezogen. Seine Augen: feucht. Der Mann hat Probleme. Der Kuchen: trocken. Ein Mordinstrument, wenn man ihn einem Bekifften reichen würde. Der typische Heißhunger würde schlingen und der Speichelmangel ersticken lassen. Peters Probleme wären auf einen Schlag gelöst, hätte ich vorher was geraucht, denn: Er könnte mir mit dem Heimlich-Griff das Leben retten, als Wiedergutmachung für den Scheißdiebstahl.

Die alten Herren lassen Satzfragmente wie *war wirklich ein heißer Feger damals und da war doch jeder mal dran früher* durch die Kneipe tanzen. Die Essenz der Vergangenheit, neu durchlebt, im Gespräch. Nur der, dessen verstorbene Ehefrau mit den Fragmenten wohl gemeint ist, wirkt verärgert.

Folgende Fragmente aus Peters Friedensangebot sollten ausreichen, um alles zu sagen, was er anzubieten hat:

Gleichberechtigte Partner, er das Geschäftliche, Gewinne teilen, gemachter Mann, völlig unabhängig, Geld, Geld, reich, Expansion, Geld, Global Player.

Dann den Rundgang durch das Wiederbetreten der Eingangshalle beendet und mich noch einmal inständig um Entschuldigung gebeten.

Und der Streit der Kartenspieler ist lauter geworden, hat eine Klimax erreicht. Einer Eskalation dann vorgebeugt hat: das Angebot der Scherzenden, die nächsten Runden zu bezahlen. So geht man bei einer guten Entschuldigung vor: herausfinden, was der Verärgerte sich wünscht und dann adäquat reagieren. In dem Falle mit Butterkuchen und Cola-Korn.

Mein Butterkuchen und Cola-Korn wäre gewesen: Eingeständnisse bezüglich der Nachhaltigkeit bezogen auf Mensch und Umwelt beim Produkt *Funky Shit*. Aber einen Garten hatte das Gedankenhaus von Peter Salmiak keinen. Trotzdem auf sein Angebot mit dem Geld eingegangen. Fünfzig Prozent des Geldes, das er bisher mit meiner Idee verdient hat, und fünfzig Prozent dessen, was er noch verdienen wird. Von seinen Amoktagen wird ihn das nicht erlösen. Er hilft mir nicht, ich helfe ihm nicht. Helfen wird das Geld nach meinem Tod einigen vernünftigen Organisationen, die ich in mein Testament als Erben einsetzen werde. Und Karla, selbstverständlich. Vielleicht baut sie sich dann ihr eigenes Theater und spielt dort so viele Kerzen, wie sie will. Was sie aber nicht befriedigen würde. Ich kenne sie. Es muss diese Rolle sein. Dieser Regisseur, dieses Ensemble, dieses Theater, dieses Stück.

Zum Abschied noch einen Vertragsunterschreibetermin mit Peter ausgemacht, sogar die Hand geschüttelt. Und Peter erstmal erleichtert. Und ich plötzlich unermesslich reich. War ich aber ja seit dem Casino für meine Verhältnisse ohnehin schon. Und ich wünschte, ich hätte eine Uhr, die mir auf die Stunde genau sagt, wie lange ich dem hier noch zuschauen kann.

Nachdem Peter weg ist, bezahle ich den alten Herren ihren Deckel. Als Dank für ihre Unterstützung. Ein Prosit der Gemütlichkeit wird für mich gesungen, bevor der Laden von mir verlassen und die Tür des Ladens von außen mit meinem Urin beschenkt wird. Die Passanten stört's, wen kümmert's, sie sagen ja nichts.

<><> E <><>

Peter Salmiak versucht sich befreit zu fühlen, als er die gelbe Gefängniszelle, wie er die Kneipe in seinem Kopf betitelt hatte, verlässt und die wenigen hundert Meter zum nächsten Taxistand spaziert. Doch ein Freiheitsgefühl will sich in seinem Kopf nicht wirklich einstellen. Noch immer verspürt er das tiefe Brummen in seinem Schädel, wenn er sich seiner fehlenden Tage zu entsinnen versucht. Im Gehen greift er nach seinem Mobiltelefon und tippt eine Zwei gefolgt von einer Raute ein. Die Kurzwahlfunktion des Kommunikationsgerätes verbindet ihn umgehend mit seinem rechtlichen Berater, der ihn die exakte höfliche Länge von drei Tonsignalen warten lässt, bis er seinen Anruf in Empfang nimmt. Da der innovative Unternehmer Salmiak einer der prestigeträchtigsten wie auch ertragreichsten Mandanten des Juristen ist, wird es kaum seltsam anmuten, dass des Letzteren Telefon die Rufnummer des Anrufers direkt in den Namen desselbigen umwandelt, sodass der Angerufene sein fernmündliches Gegenüber auch gleich mit seinem Namen begrüßen kann. Und da das Verhältnis der beiden Männer nach vielen, gemeinschaftlich durchgestandenen Rechtsgefechten gar busenfreundschaftlich genannt werden kann, fällt diese Begrüßung nicht sonderlich formal aus: »Peter, alter Hupenteufel! Wie geht's, wie steht's? Alles senkrechtpopänkrecht?«

An dieser Stelle sei erwähnt, dass die beiden, Anwalt und Geschäftsmann, sich immer nur entweder im Büro einer der beiden oder eben vor verschiedenen Gerichten getroffen hatten. Bei den Treffen ging es vorwiegend um die lückenlose Ausarbeitung der Verträge mit den internationalen Geschäftspartnern, während es sich bei Rechtsstreitereien um die Behauptung ihrer Patentansprüche drehte. Wenn sie sich doch mal trafen, und des Treffens Betreff kein rein beruflicher, also vielleicht ein privates Meeting zum Essen oder zur Feier eines gemeinsamen Sieges oder eines Vertragsabschlusses war, dann auch ausschließlich in einem ihrer Büros und bei zugezogenen Vorhängen. Appetitlich zubereitete Nahrung lässt sich schließlich auch liefern und erlesene Tröpfchen bewahren beide auch in hölzernen Schränken innerhalb ihrer großzügigen Arbeitszimmer auf.

Mit Dr. jur. Georg Bluntschli hatte Peter Salmiak wahrlich von Anfang an einen mustergültigen Rechtsbeistand an seiner Seite gehabt. Zwar fand dessen Ausbildung nicht an einem schmeichelhaft klingenden Studienort wie Harvard, Yale oder Hogwarts statt, doch konnte seine besonnen ausgearbeitete Promotionsschrift über internationales Patentrecht an der juristischen Fakultät der Universität zu Bonn ein zutiefst gerechtfertigtes *summa cum laude* einheimsen. Warum sie sich dennoch nur bei Gerichtsprozessen gemeinsam in der Öffentlichkeit blicken ließen, lag begründet in der erotischen Spannung, welche die beiden Männer miteinander verband.

Für Georg Bluntschli hätte einem öffentlichen Auftritt mit seinem Mandanten, inklusive verzücktem Antlitz und lustvollem Mienenspiel, keine Dramatik innegewohnt, immerhin war er schon seit seiner Jugend erfolgreich geoutet und allen Ortes als gleichgeschlechtlich Liebender akzeptiert, doch verhielt es sich bei Peter Salmiak nun mal anders, war dieser doch vorgeblich ein erklärter und praktizierender Heterosexueller, der auf etlichen Dinnerpartys den Big Spender raushängen ließ und die holde Weiblichkeit ein ums andere Mal zu bezirzen wusste.

Es ist auch tatsächlich und bei Weitem nicht so, dass Peter Salmiak das männliche Geschlecht im Allgemeinen präferieren würde. Seine Liebesspielfantasien kreisen zumeist um üppig bebrüstete Vollweiber mit einem Hang zur Dominanz, in deren Dienst er sich stellen kann. Nur eben der Bluntschli hatte da etwas. Auf die Frage, was genau dieses *etwas* sei, wüsste der Salmiak selbst keine Antwort zu geben, doch gefiel es ihm, vom sportlichen Bluntschli bäuchlings auf den Schreibtisch gedrückt zu werden und die Hose heruntergezogen zu bekommen. Die Stimulation der Prostata ließ ihn immer heftig kommen und solange es dabei blieb, waren diese Ausflüge für Peter Salmiak absolut in Ordnung und wie ein entspannender Urlaub am anderen Ufer.

Dem nun geführten Gespräch allerdings ist jede Form knisternder Erotik abgängig, zu sehr in unschöne Dinge ist des Anrufenden Kopf vertieft, denn das immanente Teilen seines hart erarbeiteten Vermögens und seiner Firma vermag ihm natürlich nicht unbedingt Jubelschreie zu entlocken.

»Hallo Georg. Können wir uns möglichst sofort treffen? Ich muss ganz dringend ein paar wichtige Verträge ausarbeiten. Mir geht es im Moment nicht so gut.«

»Das habe ich schon mitbekommen, Herz. In den letzten Wochen wirkst du wirklich ein bisschen neben der Spur. Warte kurz, ich räume schnell meinen Terminkalender auf und dir so viel Luft darin ein, wie du brauchst. Ich ruf sofort zurück, okay?«

Peter bejaht und noch bevor er den Taxistand erreicht hat, schickt ein Sendemast den Rückruf auf sein Handy.

»Habe da ein paar Termine geschaufelt, meine Sekretärin kümmert sich darum, den anderen abzusagen, sodass ich jetzt dreieinhalb Stunden frei habe. Soll ich bei dir rumkommen oder kommst du?«

Diese Frage gibt Salmiak nicht wirklich zu denken. In sein Büro will er jetzt definitiv nicht, da er diesem gegenüber momentan eine von Ekel behaftete Abneigung verspürt. Also wird abgemacht, das Treffen beim Bluntschli abzuhalten.

Ein Taxi wird geentert, eine Adresse verkündet und schon ziehen einhundertsiebenundzwanzig Pferdestärken den mietbaren Mercedes gen Destination. Ob er schon wieder ein Turnier im Bogenschießen gewonnen habe, fragt der Taxifahrer in nicht unbedingt akzentfreiem Deutsch und wird vom verwirrten Peter Salmiak aufgeklärt, dass es sich wohl um eine Verwechslung handeln muss.

»Sie musse eine Zwilling-Gebruder habe. Neulich, eine Mann wie Sie war hier mit große Pokal, aber schick. Mit Anzug. Hatte Bogenschießen gewonnen. Ich vergesse eigentlich keine Gesicht. Musse Zwillingsgebruder gewese seien.«

»Na ja, Sie haben ja wahrscheinlich jeden Tag sehr viele Fahrgäste. Da kann man schon mal jemanden verwechseln.«

Was Peter sagt, kränkt den Kutscher sehr, zu merken daran, dass seine milde Fahrweise einer aggressiveren weicht.

»Ich nix verwechseln! Ich nie verwechseln. Einhundert Prozent selbe Gesicht. Kenne ich alle meine Fahrgäste bei zweiter Fahrt. Photographische Gedächtnis! Habe ich auch schon gemacht *Wetten, dass* mit Gottschalk!«

Der letzte Satz des Kutschers war mitnichten bloße Prahlerei. Tatsächlich war er dereinst Kandidat in Deutschlands größter Abendunterhaltungssendung. Damals hatte er die ganze Sendung über Zeit gehabt, sich das gesamte Publikum aufs Genaueste einzuprägen und zum Grande Finale der fröhlichen Fernsehkasperei musste er mit verbundenen Augen memorieren, welches Geschlecht eine vom goldlockigen Moderator zufällig erwählte Person auf einem bestimmten Sitzplatz habe.

»Reihe siebzehn, Platz vierundvierzig von links?« Kurzes Überlegen. »Mann!« »Richtig!«

»Reihe einundneunzig, dritter Platz von rechts?« Kurzes Überlegen. »Auch Mann!« »Richtig!«

Nach zehn Personen wurde er damals gefragt und zehnmal war seine Antwort richtig gewesen, bei der einen oder anderen Person machte er sogar noch lustige Zusatzbemerkungen bezüglich der Kleidung der erratenen Person: »Wie könnte ich diese rote Kleid vergessen?«

Wie Millionen andere hatte auch Peter Salmiak die Sendung gesehen und glaubt nun plötzlich, den Fahrer tatsächlich als jenen Kandidaten wiederzuerkennen, auch wenn sein Gedächtnis, wie an den vorangegangenen Ereignissen zu erkennen, alles andere als photographisch ist.

Und eben in diesem Moment wird ihm klar, dass das, was der Fahrer ihm kundgetan hat, tatsächlich im Bereich des Möglichen liegen könnte. Was, wenn er tatsächlich während einer der ihm fehlenden Tage mit ausgerechnet diesem Fahrer…

… in Peter Salmiak beginnt es zu rotieren, wie in einer Achterbahn, so wild überschlagen sich seine Gedanken. Ein Indiz bezüglich seiner Zeit im Black Out wäre ihm mehr als Balsam. Kurz erstarrt der Fahrgast. Wüst krallen sich seine Finger in den veloursbezogenen Beifahrersitz, den er sich direkt nach Einstieg in eine schmeichelnde Position gebracht hatte.

Langsam löst sich seine Schockstarre. Dass dieses dubiose, gedankenverhüllende Brummen in seinem Kopf beim Anblick des Fahrers lauter wird, bekräftigt ihn in seinen Vermutungen und just als Peter Salmiak sich erkundigen will, an welchem Tag denn diese Fahrt stattgefunden haben soll und von wo nach wo er transportiert worden war, rächt sich eine allzu zügige Fahrweise. In diesem Falle jedoch nicht die des fernsehberühmten Taxisardinenbüchsenchauffeurs, sondern jene des voranfahrenden Lastkraftwagenführers, den eine plötzlich auf Rot springende Ampel sowie einige auf die Fahrbahn laufende Fußgänger zu einer sehr abrupten Vollbremsung zwingen. Dem Aufleuchten der Bremsleuchten folgt eine schnelle Reaktion des Fahrers, der seinem Bremspedal einen kräftigen Tritt verpasst.

Unpässlich nur, dass ausgerechnet an diesem Tage des Großtransporters Ladung, bestehend aus mehreren Hundertergebinden Bewehrungsstahlstangen für eine Großbaustelle, welche der Errichtung eines neuen Parkhauses dienen, nicht zu eintausend Promille gesichert ist. Eine der angespitzten, geriffelten Stangen wird durch das unvorhergesehene Abbremsen aus ihrem Gebinde gerissen, durchschießt mit der Wucht eines Speerwurfes, der einer olympischen Goldmedaille würdig wäre, erst die Lastwagenplane und dann die Sicherheitsfrontscheibe der Droschke. Hernach durchdringt sie den Kopf des Kutschers, indem sie an der Stirn ein- und aus dem Hinterkopf austritt, durchbohrt dann die Kopfstütze und bleibt schlussendlich im Polster des Rücksitzes stecken, während ihr Ende noch vorne aus Taxi und Fahrer herausragt. Dank eines perforierten Gehirnes des Bremsens nicht weiter fähig, fährt das Taxi auf den einer Stange beraubten Laster auf, doch schützen zwei Airbags und eine immense Knautschzone Peter Salmiak vor Verletzungen. Zu Peters Glück betrug die Auffahrgeschwindigkeit maximal fünfzehn Stundenkilometer, zu seinem Pech wird er jetzt seinen Anwalt nicht mehr pünktlich erreichen, ein neues Trauma in sich tragen, der Polizei für umfassende Erläuterungen zum Geschehen zur Verfügung stehen müssen und über das hinaus nicht mehr erfahren, für welche Leistungen ihm der Fahrer bereits zuvor zu Diensten gestanden hatte, da dessen Broca-Areal, wie auch einige andere, viel wichtigere, weil vitalfunktionserhaltende Teile des Gehirnes just püriert worden sind.

<><> 15 <><>

Aus der erfolgreichen Neuprogrammierung Salmiaks neue Kraft gezogen und dann in den Park. Sitzen auf einer Bank, die Gedanken sich setzten lassen, sich nicht wie die vorbeieilenden Jogger hetzen lassen. Auf der Wiese gegenüber vier Punker und ihre zwei Hunde. Ein Dalmatiner, ein Irgendwasmischling. Des Letzteren Ähnlichkeit mit Karlas Hund kaum zu leugnen. Der Dalmatiner sieht aus wie eine schmutzige Bierkiste mit Beinen und Kopf in einem Schwarzweißfilm. Gelegentliches, freundliches Bellen der Hunde, wenn sie sich um einen geworfenen Stock streiten. Das Apportieren des Baumbruchstückes als Soll ihres Tages mit Freude erfüllen. Glück, manifestiert in wedelnden Schwänzen. Die Punker als Ablehner der Leistungsgesellschaft lassen ihre Tiere leisten. Vielleicht auch nur Punk als Modephase ihrer Entwicklung. Und dann werden sie Bankangestellte. *Quo Vadis, Welt, wo gehste hin?*, ist die erste Zeile eines Gedichtes, das ich mal für Karla geschrieben habe. Darauf folgte *Nach Leipzig, schön, oder Berlin?* Den Rest hab ich vergessen. Nur, dass es drei Strophen, á vier Zeilen á acht Silben hatte. Und vom Sinn her damit endet, dass der Ort egal ist, solange wir zusammen sind. Was sich ja dann als Lüge herausstellen sollte, schließlich war es mir dann ja irgendwann wichtiger, nicht mehr mit ihr zusammen zu sein, anscheinend. Und dann die Impulshandlung. Ohne Nachdenken einfach gewählt und den Hörer ans Ohr.

Nach zweimaligem Klingeln Inga an der Strippe und mich als Regisseur Peter Davenport ausgegeben. Behauptet, man sei auf sie aufmerksam geworden und müsse sich wegen einer Filmrolle mal unterhalten. As soon as possible.

Ja, heute hab ich tatsächlich noch Zeit. Es ist kurzfristig, aber man ist ja spontan, so sie. HER-VOR-RAGEND, so ich. Etwas unheimlich: Das Café, welches sie als Treffpunkt vorschlägt und ihr Lieblingscafé sei, ist auch mein Lieblingscafé. Was aber nicht viel bedeuten muss, es hängen dort auch genügend Spinner rum. Einem davon fehlen jetzt Zähne. Einen dieser Zähne halte ich in der Hand. Um den Zahnverlierer nicht unbedingt zu treffen nach einem Restaurant gefragt, die Rechnung gehe auf mich. Das von ihr Vorgeschlagene ist mir unbekannt, der Stadtteil aber ein Begriff. Berlioz der Name, russisch die Speisekarte. Zugesagt. Lange kein Gowjadina Stroganoff mehr gegessen. Rinderfiletspitzen, innen blutig, leckere Soße, Pilze. So kurz vor Ende sollte das nochmal sein. Generell fehlt eine Liste mit Dingen, die ich kurz vor Schluss noch machen sollte. Wahrscheinlich nimmt Karla ohnehin zu viel Platz ein. Wenn der Plan nach Inga Klein nicht aufgeht, sollte ich mich vielleicht einfach auf mich selbst konzentrieren. Nicht mehr der Glückserfüllung einer unglücklichen Person hinterherjagen. Irgendwie bin ich auch ein Hund und Karla ist unwissentlich mein Herrchen. Ich existiere nur, um sie glücklich zu machen und wedele dabei mit dem Schwanz. Nur, dass ich mir meine Rinderfiletspitzen selbst bestellen kann. Wozu brauche ich Karla überhaupt? Ich sie gar nicht. Gewissensfrage. Du machst etwas kaputt, du machst es wieder heile. Haftpflichtversicherung, zumindest für die Leute, die einem wichtig sind. Die Übrigen bezahlen halt mit Zähnen. Hätten Karla und ich geheiratet, hätte ich ihren Namen angenommen. Stefan Demonski. Spitzname trotzdem Stäbro. Das bekommt man nicht raus.

Ein Punker wirft einen Stock, zwei Hunde rennen hinterher und kurz, ganz kurz, verspüre ich auch den Drang, hinterherzurennen und zu bellen, sollten die anderen schneller sein. In zwei Stunden ist es so weit, da treffe ich dann also die neue, aktuelle Kerze. Die Fotos ihres Kerzenständers in anzüglicher Position mit einer Touristin in der Jackentasche. Ein Hund bringt einen Stock zurück, ein Punker wirft erneut, Flugbahn in Richtung der Bank, auf der ich sitze. Einen kurzen Moment lang bin ich näher am Stock als die Hunde. Aufstehen und in den Mund nehmen, eine Möglichkeit. Aber mein Stöckchen wird im Berlioz auf mich warten. Und dann werde ich mit dem Schwanz wedeln.

Und dann das Telefon. Boschu blinkt. Jo, sage ich. Jo, sagt er.

Er hat so einiges verkauft in letzter Zeit, sagt er. Und, dass er mich auf ein Bierfässchen einladen möchte.

Nimm deinen Bart vom Telefon weg, deine Bartbewohner rauschen hier das ganze Gespräch voll, sage ich, worauf er lacht und erklärt, dass er in einem Bus sitzt, der unter einer Brücke steht. Kann wegen eines Unfalls voraus nicht weiterfahren. Der Empfang also schlecht. Brücken eben, sie bringen dich weiter, solange du nicht darunter stehst.

Heute Abend?, fragt er. Schlechter Termin.

Drei Punker singen ein Lied über Staat und Macht und Geld, widdewiddewitt, und Bullenschweine, ein vierter sticht ein Dosenbier. Was bringt das eigentlich, so ein Lied zu singen, wenn weder Staat, noch Macht, weder Geld, noch Bullenschweine anwesend sind? Das Dosenbier leuchtet mir allerdings ein.

Heute nicht, sage ich Boschu.

Zeit für Freunde du nehmen dir musst, sagt er und hat wahrscheinlich recht. Vielleicht sollte ich ihm sagen, dass von der Zeit an sich nicht mehr so viel da ist. Zumindest für mich.

Und dein Fußpilz? Weg?, fragt er.

Hab mir überlegt, den zu züchten, sage ich.

Gute Idee. Dann morgen? Du könntest ihn mir zeigen und ich dir Tipps geben, regt er an.

Dann Morgen, sage ich.

Hurra!, sagt er. Seine Bartbewohner jubeln mit und wir legen auf.

Wie diese Normalität gut tun kann. Ein Gespräch wie immer, ein Boschu wie gewohnt, ein Auflegen wie eh und je.

Wie kann dieser Tag überhaupt so viel Platz haben? Bis hierhin rekapituliert: Aufgewacht im Auto am Strand, Autobahn von Zwischenahn bis heim, mit Logo gesungen, im Café gewesen, Zähne entfernt, Aufzug gefahren, Vögeln beobachtet, Fotos gemacht und Abzüge davon, Spermien in die Arena geschickt, einen Selbstmord gesehen, Salmiak getroffen, im Park gesessen und jetzt trotzdem noch zwei Stunden, bis ich Inga treffe. Wie kommt es, dass ich alles mitzähle, nur die Zeit anscheinend nicht? Vielleicht hat es zwischendurch eine Nacht gegeben, die ich einfach nicht mitbekommen habe. Vielleicht während ich im Fahrstuhl stand. Vielleicht sind aber auch die letzten Tage meines Lebens gleichzeitig die längsten. Ich weiß es nicht und sollte es wohl auch gar nicht wissen. Die Klamottenläden sollten jetzt, neunzehn Uhr, schon geschlossen haben. Ein neues Outfit würde etwas bringen. Aber die Inga wird kein Problem sein, auch mit dem, was ich jetzt trage. Was trage ich überhaupt? Genau das Richtige. Kurz auf die Bank gelegt und den Wecker des Handys auf acht gestellt.

Ein Punkerchor singt mir Schlaflieder und Logos Schlafen im Garten wird verständlich. Frische Luft ist König und schon döse ich.

<><> 16 <><>

Die traumlose Stunde vorbei. Wach geworden, wenige Sekunden, bevor das Handy Bescheid geben konnte. Spaziergang zur Bushaltestelle und sofort einen gefunden, der in den richtigen Stadtteil fährt. Der Busfahrer mürrisch. Sein Gehalt ist zu klein, das Arbeitspensum zu hoch. Fünfzig Euro für eine Kurzstrecke, großes Trinkgeld für den kleinen Mann. Mit dem Geld von Salmiak könnte ich vermutlich noch viele Jahre so leben. Menschen für ihre Arbeit außer der Reihe belohnen, selbst wenn sie mürrisch sind. Oder: gerade wenn sie mürrisch sind. Ohnehin Mist, dass man sich Trinkgeld immer erlächeln muss. Ich werde Unfreundlichkeit belohnen, um eben jene zu vertreiben. Sieben Haltestellen bis zur Haltestelle, die ungefähr im Zentrum des angepeilten Stadtteils liegt, Fahrtzeit neun Minuten.

Drei jugendliche Mädchen teilen sich zwei Sitze. Ein Viertes von ihrem Format würde noch dazwischen passen. Ihre Strategie: wenig essen, viel kotzen. In der Gruppe ist es einfacher. Sie reden nicht, aber kichern. Eine Dame mit Hund blockiert alleine einen Viersitzer, indem sie mittig auf zwei Sitzen sitzt und ihre Einkaufstaschen auf den zwei gegenüberliegenden verteilt hat. Ein Hund auf ihrem Schoß. Hunde sind allgegenwärtig und ziehen sich als gute Gesellschaftsleister durch alle Gesellschaftsschichten. Wahrscheinlich bin ich doch nicht Karlas Hund, schließlich leiste ich ihr keine Gesellschaft. Vielleicht bin ich ihre Puppe. Eine Puppe ist zwar da, aber das, was sie trotz Anwesenheit leistet, sollte nicht Gesellschaft genannt werden. Was leistet eine Puppe eigentlich?

Man kann mit seiner Puppe bei den anderen angeben, wenn man noch klein ist. Oder eine Hausfrau ist, die bei Verkaufsfernsehsendern alle erdenklichen Sammelpuppen bestellen kann. Man kann damit anderen Hausfrauen den eigenen Wohlstand zeigen, den der Mann ranschafft. Schau, für diese ganzen Puppen reicht das Geld meines Mannes und Essen können wir uns trotzdem noch kaufen! Sollte ich mich irgendwann nochmal trauen, Karla anzurufen, werde ich ihr mitteilen, dass ich für ihren Traum eine Puppe war. *Ich bin Stäbroboy, die perfekte Puppe. Ich gehöre dir. Alle beneiden dich um mich…*

Es bräuchte sieben magersüchtige Mädchen, die sich auf vier Sitzplätzen verteilen, um die Unfreundlichkeit der breitgemachten Dame auszugleichen. Sie bekommt fünfzig Euro zugesteckt, von mir. Die Mädchen jeweils auch. Mir war einfach danach. Ein Beobachter dessen kommentiert, er wolle auch. Ich bin kein Sexist oder so, aber: das ist ein Typ. Er bekommt einen bösen Blick. Gut, der Busfahrer war auch ein Typ, aber er fährt mich durch die Gegend. Und der Typ sitzt einfach alleine auf einem Sitzplatz, genauso, wie es soll. Dafür gibt es kein Trinkgeld. Und obwohl genügend Sitzplätze zur Verfügung stünden, bleib ich stehen und benutze die Haltegriffe. Ein bisschen werde ich müde. Das kommt so schleichend. Vielleicht vom Stehen. Das Greifen nach den Griffen wird schwerer, immerhin zwei Stationen stehend überstanden. Dann zwei Sitze blockieren. Sogenannte Notsitze, die sich hochklappen lassen, wenn ein Rollstuhl Platz braucht. Oder ein Fahrrad. Oder ein Kinderwagen. Es ist tatsächlich möglich, auf beiden gleichzeitig zu sitzen. Wie unfreundlich von mir. Ich stecke mir einen Fünfziger zu. Damit hab ich genug Geld verdient, um Inga gleich einzuladen. Zum Glück bin ich Bus gefahren. Die Teenager wissen nicht, was sie von mir halten sollen. Wegen des Geldes. Sie sind durch Geld verunsichert. Sonst ist das anders, Menschen sind verunsichert, wenn sie kein Geld haben. Soziale Unsicherheit, kenne ich. Schauspielerinnen leben da immer mit, kein Wunder, dass Inga sofort zugesagt hat. Ein Angebot vom Film kann immer ein Sprungbrett sein. Sprungbrett in das kalte Wasser des erhöhten Bekanntheitsgrades. Wenn die einschlägigen bunten Illustrierten über dich berichten, dann bist du gemacht. Finanzielle Sicherheit gegen Nichtanonymität, quasi Nymität. Aber auch: gesellschaftliche Unsicherheit gegen Armut. Vielleicht werden Stars gar nicht so oft umgebracht, wie ich mir das gerade vorstelle. Es wird nur höher an die Glocke der Medien gehängt, wenn es passiert. Eigentlich fällt mir gar kein Star ein, der umgebracht wurde. Zumindest kein Deutscher.

Beim vierten Halt verlässt die Dame den Bus. Sie winkt mir lächelnd mit dem Geldschein zu und vergisst ihre Handtasche auf einem der Sitze. Wer mehr Platz hat, kann mehr vergessen. Als einzigem Zeuge ihres Verlustes gehört die Tasche jetzt wohl mir. Auch, da ich mich direkt und unauffällig daneben gesetzt habe. Die Teenager fürchten sich, da ich jetzt näher bei ihnen bin. Aufgerückt. Was ich wohl will, denken sie. Komm, wir machen das lieber, flüstern sie und steigen am nächsten Halt aus. Hoffentlich bleibt es windstill, sonst fliegen sie von dannen. Dabei interessiert mich ihre Haut gar nicht. Die Haut des Krokodils schon. Sie formt jetzt die Epidermis der Handtasche. Müde, trotz einer Stunde Schlaf auf der Bank, was ist da los? Vielleicht zu viel für einen einzelnen Tag. Kaffee, sobald das Ziel erreicht, denke ich. Oder Grüner Tee. Obwohl: zu gesund. Mach dir die letzten Tage deiner Gesundheit nicht mit Gesundheit kaputt. Also Kaffee mit irgendeinem Schnaps. Lass uns Rum machen, Pharisäer, gib mir deine Sahne.

In der Tasche: genügend verschiedenfarbige Lippenstifte, um einen Karnevalsverein zu versorgen, ein Brillenetui, gefüllt mit Brille und Putztuch, antibakterielles Mundspray, antimenschliches Abwehrspray (Pfeffer-), Schlüsselbund mit vier Schlüsseln und einem Mondanhänger, Taschentücher der namengebenden Marke, die nach Geschwindigkeit klingt, Hustenbonbons in einer Blechdose und ein Portemonnaie.

Im Portemonnaie: drei Hunderter, ein Fünfziger, drei Zwanziger, ein Zehner, hundertdreißig Gramm Kleingeld, Einkaufsbelege von:

Galeria Kaufhof / Mode Petzbolt / Edeka / Fleischer Wiegenmüller / Bäckerei Kolltötter,

dann noch: Sparkassenkarte, VISA-Karte, Personalausweis, Visitenkarten eines

a) Anwalts
b) Allgemeinmediziners
c) Orthopäden
d) Antiquitätenhändlers
e) Swingerclubs

sowie drei Fotos von verschiedenen Babys und der Bus erreicht meine Haltestelle.

Meine neue Handtasche steht mir. Ich trage sie mit der nötigen Würde einer alten Dame. Kaum auszudenken, dass die Frau noch länger leben soll als ich. Clever: Die Tasche wird mir den nötigen exzentrischen Touch verleihen. Richtige Regisseure haben sowas. Immer bedacht zu zeigen, dass sie anders sind. Nur wo nun ist das Berlioz? Die Lage gecheckt, Passantin entdeckt. Etwa Anfang zwanzig. Wahrscheinlich: Studentin. Vermutlich: Pädagogik. Oder Soziologie, jedenfalls nichts mit besonderen Aussichten auf Geld. Die ganze Ecke hier gentrifiziert wie sau. Früher kaputt und billig, jetzt hip und teuer. Die Leute trotzdem noch nett, irgendwie. Die Studentin zumindest. Ist sich mit rechts/links nicht so sicher und zeigt deshalb die richtigen Richtungen anhand ihres rechten Daumens. Am Schlecker da vorne gehst du ←, dann zwischen dem Blumenladen und dem Starbucks rein und am Ende der Straße, müsste die Wagenburger sein, nochmal ←. Dann nach ein paar Metern auf der → Seite.

Trinkst du schnell einen Pharisäer mit mir?, frage ich. Wenn die Zeit heute schon so viele Handlungen zulässt, dann sollte man das nutzen.

Sorry, hab's gerade nicht so locker sitzen, sagt sie. Wird sie auch wohl nie haben, denke ich. Sehr schade, das. Aber: Sie ist zu freundlich, um sie einzuladen. Allerdings könnte das Krokodil der Dame sie und mich einladen.

Das Krokodil lädt uns ein, sage ich.

Wenn das echt ist, dann Alligator, vermutlich Kaiman, und sicherlich illegal aus Südamerika eingeschleust, sagt sie und kichert verlegen. Leichte Röte auf ihren Wangen. Aber mit einem Beigeschmack von Empörung. Karlas Schwester hat auch einen Kaiman. Er hat mich gebissen, zweimal. Jetzt trage ich seinen Artgenossen durch die Gegend. Karma.

Du kennst dich aus mit Amphibien?, frage ich.

Reptilien, sagt sie und zeigt damit: Ja, sie kennst sich damit aus.

Woher ich das habe, will sie wissen, als wir uns darauf geeinigt haben, einen schnellen Vierer mit zwei Pharisäern zu machen. Woher sie das wisse, gegenfrage ich zurück. Und langsam errötet der Himmel, während wir angenehm Wahrheiten austauschen. Ihre Kenntnis bezüglich der Flora und besonders der Fauna Südamerikas: angeeignet während eines halbjährigen Aufenthaltes in Venezuela. Entwicklungszusammenarbeitsprojekt, Zukunftsluft schnuppern, Praxis sammeln. Mein Besitz der Tasche: ich werde bald sterben, Krebs, maximal zwei Monate, unheilbar, Fatalismus, eine Dame hat die Tasche vergessen, sie war unfreundlich, ich werde sie behalten.

Ehrlich sein bezüglich des Zustandes als Übung für vielleicht morgen beim Treffen mit Boschu. Und es fällt leichter als gedacht. Vermutlich, weil sie eine Fremde ist und trotzdem freundschaftliche Wärme versprüht. Ähnliche Gefühle wie damals auf der Treppe der Bibliothek mit Karla. Dieses *sofort-ehrlich-sein*, ich fühle mich wie eine Tüte Instant-Aufrichtigkeit, die gerade aufgerissen wurde und deren pulvriger Inhalt in das kochende Lebenswasser der Studentin geschüttet werden will.

Das ist wirklich schlimm, sagt sie und schluchzt.

Bitte kein Mitleid, ich leide ja gar nicht. Wo nicht gelitten wird, muss auch nicht mitgelitten werden, sage ich und leide jetzt doch irgendwie. Vielleicht ist die Wahrheit gerade doch ein Fehler. Vermutlich tut es mir aber auch einfach nur leid, dass ich ihr leidtue. Fast möchte ich weinen. Das Café liegt etwa auf der Hälfte des Weges bis zum Berlioz, wir sind also schon ← gegangen und der Schlecker und der

Starbucks, zwischen denen ich gleich reingehen muss, sind in Sichtweite. Vor dem Café stehen drei besetzte Tische, deren Besetztheit uns betreten lässt. Und erst hier fällt mir auf, dass wir während des Weges unsere Hände festgehalten haben. Als wäre es das Normalste auf der Welt.

Dann entscheidet sie sich um. Lieber Lumumba. Ohne Müdigkeit: auch meine erste Wahl. Aber Koffein muss, damit ich mir eventuell bewusst werde, was ich überhaupt mache. Direkt beim Bestellen bezahlt und ihr gesagt, dass ich danach sofort weiter muss.

Ja, du hast nicht viel Zeit, sagt sie und schaut wie ein Strohhalm gucken würde, wenn er Augen hätte.

Du darfst mich drei Sachen fragen, wenn du möchtest, sage ich. Aus den Boxen die Art von Jazz, die belanglos plätschert. Dazu mit den Füßen wippen, des Kreislaufs wegen. Sie nickt, nicht mit dem Beat, sondern zur Bestätigung. Sie möchte. Dann holt sie ein Polaroid aus ihrem rot bedruckten schwarzen Jutebeutel und legt es vor mir auf den Tisch.

Okay. Frage eins. Was hältst du davon?, fragt sie.

Das ist wunderschön, sage ich ohne zu lügen. Aber auch: ohne es angeschaut zu haben. Ich will mir lieber vorstellen, was auf dem Polaroid sein könnte. Und das, was ich mir vorstelle, was auf dem Polaroid ist, ist wunderschön. Auch, wenn ich mir noch gar nichts vorgestellt habe, sondern mich zu sehr darüber gefreut habe, dass ich mir selbst etwas vorstellen könnte. Ich stelle mir einfach auf einem Polaroid von ihr nur wunderschöne Dinge vor. Das ist genau so einfach, wie es schwer ist, nicht in ihre fantastischen Augen zu schauen. Und dann setzen sich Herr Lumumba und ein Pharisäer zu uns an den Tisch. Jeder von uns nimmt einen der beiden in die Hand und wir stoßen sie gegeneinander.

Warum hast du nicht hingeschaut?, fragt sie. Wohl ihre zweite Frage, schnippisch zudem. Einen Pharisäer zu exen ist heiß. Gaumen und Hals brennen. Ein belangloses Jazzstückt gibt dem nächsten die Klinke in die Hand, es klingt ein bisschen, als wären die Boxen hinter Daunenkissen versteckt.

Wollte mir selbst vorstellen, was auf dem Polaroid ist und war mir sicher, dass ich mir nur etwas Wunderschönes vorstellen könnte bei einem Polaroid, dass du vor mich legst. Außerdem konnte ich mich nicht von deinen Augen lösen, sage ich und muss los. Erst merkst du nicht, dass überhaupt Zeit vergeht, und dann ist sie plötzlich auf der Überholspur und rennt an dir vorbei.

Ich muss los, sage ich in ihr undurchsichtiges Lächeln hinein und stehe auf. Das Lächeln: zerrissen, einige Fetzen fallen an ihrem Kinn vorbei.

Moment noch! Drei Fragen hast du gesagt, sagt sie energisch. Und wie diese Augen leuchten. Wie Vollmond auf dünn besiedelter Ebene. Ich würde die beiden gerne in einer kleinen Schachtel immer bei mir tragen, als batterielose Taschenlampen. Aber vom Rest getrennte Körperteile faulen mit der Zeit, da bleiben sie besser in ihrem Kopf verankert.

Keine Zeit, sage ich und stürze aus dem Laden. Der Boden, wie von der Sonne geschmolzener Asphalt, versucht mich zurückzuhalten. Was für ein Abgang, schlage ich mir ins Gesicht. Wie gottverdammt unfreundlich, schlage ich nach, und gebe mir erneut einen Fuffi Trinkgeld. Aber auch: wie dumm. Vielleicht habe ich mich soeben verliebt. Nein, bestimmt habe ich das getan. Mehr als dumm, dem nicht nachzugehen. Wahrscheinlich hätte ich noch genau so viel Lebenszeit, wie die kochend heiße Phase einer Liebe andauert. Sind da nicht sogar diese Flugzeuge im Bauch?

Zwei, drei Propellermaschinen sind definitiv schon in der Luft. Oder der geexte Pharisäer macht einen Dauerlauf durch den Magen. Eine Exkursion bis zum Darm, kurz den Krebs bestaunen und ihm ein Hallo zugeschmettert und dann Abgang durchs Hintertürchen. Anderthalb Monate verliebt und dann tot. Was für ein schönes Ende. Aber ich bin nicht der Ihre. Ich habe mich selbst zur schwanzwedelnden Haftpflichtversicherungspuppe der Karla Demonski gemacht, wuff. Dummheit hat einen neuen Namen, Stefan Brommer! Schreibt es in die Wikipedia-Artikel, stampft die Duden ein und druck sie neu – und zack! Doch noch unsterblich geworden!

Die Straße zwischen Blumenladen und Starbucks ist auch nicht weniger klebrig. Vielleicht zu müde trotz Pharisäer. Dreh um!, schreit es in mir. Aber ein Plan ist ein Plan ist ein Plan ist ein Plan. Ist ein Plan. Wer schon so viel hingeschmissen hat, muss auch mal was festhalten.

Die haben die Straße so gebaut, dass der Lärm aus den Fenstern nicht entweichen kann. Hektischer, sich stapelnder Gassenschall. Das Abendprogramm und Sex sind zu hören. Sex und Abendprogramm sind also hip und Planschbecken und Ehestreit sind mehr so Reihenhaussiedlung.

Karla konnte man mit Sicherheit auch noch drei Etagen tiefer hören. Theatralisch auf Bühne und Bett. Vielleicht treibt mich ihr theatralisches Verhalten während meines Abganges zu dem, was ich hier mache. Ihr Zusammenbruch vielleicht nur Schauspiel. Wahrscheinlich lag ein Skript für den Fall meines Ausscheidens aus ihrem Leben schon in ihrem Nachtschrank, keine Ahnung.

Fickt mal leiser, brülle ich.

Und laut wird weitergefickt, dafür verstummt das Abendprogramm. Zwei Fenster öffnen sich, zwei Köpfe erscheinen.

Das Wort *ficken* im imperativen Plural hat ihre Aufmerksamkeit auf die Straße gelenkt. Sie wollen auch ficken, haben aber ihre festen Fernsehgewohnheiten, ziemlich nicht-hip. Die werden auch noch weg gentrifiziert, mit Sicherheit.

Wer beim Ficken auf die Kommentare von Leuten auf der Straße hört, fickt nicht richtig. Die beiden Fickenden ficken richtig, sonst wäre wohl die von ihnen erzeugte Soundkulisse nicht so intensiv.

Und dann ← abgebogen und nach → geschaut, das Berlioz sofort erkannt. Берлиоз steht in großen roten Lettern auf einer Tafel über der Eingangstür. Zwei Gaslampen sorgen für stimmige Beleuchtung. Die Uhr lässt noch fünf Minuten übrig, bis der Große und der Kleine einen rechten Winkel in der linksoberen Ecke der Uhr bilden.

Die Kleidung: zurechtgezupft. Den Penis: kurz gekratzt. Die Lungenflügel: nochmal über die Dächer der Stadt flattern lassen und den Organismus nach der Wirkung des Koffeins gefragt. Es reicht schon, ächzt der Körper. Aber gerade so, fügt er hinzu. Wenn du zu müde bist, musst du einfach ein bisschen hüpfen, sagte mal eine Freundin von mir. Wachhüpfen. Es funktioniert stellenweise ganz gut, wenn auch meistens nur für einige Minuten. Die Exhülle des Kaimans tanzt auf und ab, während ich es tue. So viel Spaß hatte sie wohl lange nicht mehr.

Wenn ich ohnehin mein Testament aufsetzen muss, dann vielleicht mit einem Passus, der verpflichtet, eine Tasche aus meiner Haut zu kürschnern, damit ich post mortem noch ein bisschen an die Luft komme.

Was wohl auf dem verdammten Polaroid war? Vielleicht ein Foto von einem Berg, dessen Spitze schneebedeckt ist. Vermutlich wollte die Studentin mich einladen, mit ihr Ski zu fahren. Dabei kann ich gar nicht Ski fahren. Außerdem hätte unsere Liebe wohl den gesamten Schneefall weggeschmolzen.

Noch kannst du umdrehen, Stäbro, würde vielleicht Jiminy, die Grille jetzt sagen, säße sie als mein Gewissen auf meiner Schulter. Wie bekloppt es gewesen wäre, wenn sie mit der Sofortbildkamera ein Bild ihrer Muschi gemacht hätte. Ein Bild ihrer Muschi mit Preisschild. Vielleicht war sie Undercover-Prostituierte. Aber: Dann hätte sie wohl selbst Geld für einen Kaffee gehabt. Wenn jemand so aussieht, wie sie, dann muss dieser jemand nicht lange alleine bleiben.

Punkt neun, sagt die Uhr.

Wenn ich nicht ich wäre, wäre ich nicht ich, denke ich bei den neun restlichen Schritten gen Berlioz. Wow. Nicht mehr viel Sinn los in meinem Kopf.

<><> 17 <><>

Das Berlioz zu beschreiben geht mit vier Adjektiven, die zwei ungleiche Paare Bilden: golden/günstig und gemütlich/geschäftig. Endlich mal absichtlich konstruierter Widerspruch. Gut gekleidetes Personal, klassische Musik und ich mit einem Reptil unter dem Arm. Als Peter Davenport. Wach bleiben und aufmerksam. Ob ich reserviert habe, werde ich gefragt, was nicht wundert, denn es ist wahnsinnig voll. Irgendein Angebot ist immer rar im Kommunismus, in diesem Fall: das Angebot an Platz. Zum Glück ist ein Tisch auf Klein reserviert und klein ist eben jener, genau Platz für zwei Personen neben einer Schaufensterscheibe, hinter der die Welt sich weiterdreht. Peter Davenport lässt sich zu Tische führen und Inga sitzt schon da. Acht Servicemänn- und -weiblein gezählt, dazu vier Türen, von denen eine schwingt und zur Küche führt, zwei Toiletten verbergen und eine letzte ihr Geheimnis noch nicht gelüftet hat. Ansonsten zu viel Gewusel.

Zum Gruße steht Inga auf. Ein tiefer Blick in die Augen, ein kräftiger Handschlag. Ihr Auge ist eins fürs Wesentliche, so erklärt sich ihre Frage nach einem Espresso vorweg. Oder ich bin zu offensichtlich müde. Was zum Teufel mache ich hier bloß? Soll sie doch glücklich ihre Kerze spielen und sich von ihrem Andy betrügen lassen, was mische ich mich da überhaupt ein?

Ich kann die Stimmung zwischen uns überhaupt nicht deuten.

Herr Davenport, geht es Ihnen gut?, fragt sie. Wie das klingt. Dieses Davenport, zudem gelallt und fern von jeder Tonlage. Aber auch sonst geräuscht das hier alles anders. So hört sich doch kein Weinglas an, das auf einem Tisch abgestellt wird! Und das Besteck, das auf einen Teller gelegt wird. Und dann diese ständig verschwimmende Sicht. Und wo zum Teufel ist mein Zahn?

Peter. Sag einfach Peter, ich fühle mich sonst so alt, antworte ich, stehe auf und hüpfe mich wach. Schon besser. Viele fremde Augenpaare auf mich gerichtet. Vielleicht ist das Essen hier nicht so gut, sodass man seine Sinne an etwas anderem ergötzen muss. Wie wäre es mit einem springenden Mann mit Handtasche? Mir egal.

Entschuldige Inga, ich darf doch Inga sagen, oder? Der Tag heute, du, also echt, der Tag heute... hatte es einfach in sich. Espresso wird's richten, nicht wahr?

Sie lächelt, wenn auch verstört. Warum fangen alle an zu lächeln, wenn sie irgendwas nicht verstehen? Scham? Ich hätte mich damals beim Pinkeln nicht auf Einrichtungsgegenstände, sondern auf falsches Lächeln spezialisieren sollen. Gilt nur leider als Körperverletzung. Außer bei Liebhabern. Zeit für einen Neustart. Ich fasse ihr unvermittelt an die Schläfen und tue das Nötige.

Guten Tag Frau Klein, ich bin Peter Davenport!, sage ich danach.

Oh!, sagt sie erschrocken. Und, dass sie mich gar nicht hat kommen sehen, wohl zu tief in Gedanken versunken war.

Und ich dann, dass ich direkt zur Sache kommen wolle. Dass es nämlich gar nicht um eine Rolle gehe, sondern ich etwas Wissenswertes für sie habe. Und sie dann: ob ich sie erpressen wolle und schon dabei, ihre Sachen zu packen. Und ich dann sehr schnell an ihre Schläfen gefasst. Neustart. So lange wir nichts bestellt haben, wird das immer wieder funktionieren.

Guten Tag Frau Klein, sage ich und reiche ihr die Hand. Und sie wirkt gerädert, hat mich dieses Mal aber schon kommen sehen, vorher, das habe ich ihr auf die Schnelle eintrichtern können. Fangen wir also anders an. Nur wie? Mit dem Bestellen von Espresso, Essen und einem Kaltgetränk am besten. Wenn es nämlich dann nicht klappt, gibt es kein Zurück mehr und ich werde sie gehen lassen.

Waren Sie schon öfter hier?, frage ich und kann mir irgendwie von außerhalb meines Körpers dabei zusehen. Alle Gäste des Berlioz haben verschiedene Gerichte auf ihren Tellern, von frischem Fisch, buntem Salat und zotiger Pasta über runzlige Pasteten, blutige Steaks und klare Suppen bis hin zu grotesken Eintöpfen, missgebildeten Hefeklumpen und federballartigen Chicoréekonstrukten, niemand scheint hier dasselbe Gericht zu verspeisen wie eine der anderen anwesenden Personen. Auch essen plötzlich alle mit ihren Händen und ihre Gespräche sind nur mehr lautes Grunzen und alles dreht sich im Kreis.

Und immer noch stehe ich neben mir und schaue auf mich und Inga, als sich die vierte, geheimnisvolle Tür öffnet und ich von draußen hereintrete, nach einer Reservierung gefragt und zu Inga Klein an den Tisch geführt werde. Und in dem Moment, in dem ich durch mich selbst hindurch geführt werde, verschmelze ich mit mir und verschwinde von dem Platz, auf dem ich gesessen habe. Alle drei Ichs sind wieder ich und alles ist wieder neu und alt zugleich, Widerspruch, der ins Ambiente passt. Inga steht zur Begrüßung auf und reicht mir mit tiefem Blick in die Augen fest die Hand.

Und abhandeln wie ferngesteuert, routiniert. Keine Fragen mehr nach Sinn und Zweck, nur Karla auf einem Sessel in meinem Kopf, wartend auf den Hund, der ihr die Zeitung mit den richtigen Nachrichten bringt und dafür zunächst noch die richtigen Nachrichten erschaffen muss. Nämlich, dass die Rolle der Kerze wieder frei ist. Das Gefühl von *jederzeit Herr der Lage zu sein* gepaart mit dem einer vorherbestimmten Abfolge meiner Handlungen.

Es ist noch einfacher, sich selbst als andere zu programmieren. Es war meine einzige Chance gegen die Müdigkeit und das Abdriften, wobei die Müdigkeit das eigene Umprogrammieren sogar noch begünstigte. Sachen sagen und sie sich selbst als Peter Davenport sagen hören, auf einmal alles möglich. Sogar die Sehnsucht, all die goldenen Gegenstände mit Urin zu markieren ausgeschaltet. Obwohl sie so einladen, ich kenn mich doch und erkenne mich nicht wieder.

Irgendwann hole ich während der automatisierten Kommunikation die Fotos von Andy Klein aus der Tasche. Tränenreiche Reaktion auf Seiten der Klein, fluchende Worte gen Mobiltelefon, von Scheidung und Anwalt und nie mehr wiedersehen ist die Rede und davon, dass er besser nicht in der Wohnung sei, wenn sie nach Hause käme.

Und es tut mir, im Nachhinein, so leid, dass es mir nicht leidtat, dass das aufgesetzte *mir Leidtun* nur gespielt war.

Dass der Trost nicht echt war, sondern zielgerichtet. Dass er in ihrem Schlafzimmer endete, wo sie in meinem Arm einschlief und von mir die Angst vor dem Feuer in ihr Gehirn eingepflanzt bekam. Aber so ist der Plan und danach erst darf sich ausgeschlafen werden. Denn: Wenn du die richtigen Neuigkeiten willst, dann musst du für die richtigen Neuigkeiten sorgen.

<><> F <><>

Als Peter Salmiak am Folgetag des Unfalles die Kanzlei von Georg Bluntschli betritt, hat er den Schock vom Vortag sichtlich noch nicht verdaut. Die Nacht zuvor hat er wach gelegen. Immer wieder rammte sich vor seinem geistigen Auge Stahl durch Fleisch, immer wieder hallte das Krachen der Schädeldecke in seinem Kopf nach, als wäre es sein eigenes Stirnbein, das da splitterte. Tiefe, schwarze Ringe schattieren seine matten Augen und ein für ihn unübliches Bartstoppelfeld bedeckt die fahle, von einem dünnen Schweißfilm leicht schimmernde Haut seines Gesichtes. Er steht einem inneren Ende näher, als nach den Tagen, die ihm wie von Geisterhand aus dem Gedächtnis gelöscht worden waren.

Zur Auflockerung der zutiefst angespannten Situation, gedenken die Vertrauten vor Gesprächsbeginn ihre Zusammenkunft zunächst mit einem kleinen Cognac ein wenig zu beruhigen.

Nach dem ersten Brand, den er hastig und in einem Zug hinunterstürzt, lässt sich Peter umgehend noch eine zweite

Dosis der sich rasant im Kreislauf verbreitenden Flüssigkeit einschenken. Auch diese konsumiert er auf dieselbe unfeine Art. Das Resultat seiner rapiden Schlucke ist bei beiden Malen ein kräftiges, trockenes Husten, doch das Zittern seines Gemütes lässt sich kaum besänftigen. Des Advokaten wohlgepflegtes und stets gut gecremtes Gesicht ist aus Sorge um den Zustand seines Freundes von tiefen Falten durchfurcht. Ihm ist, als klirre des Salmiaks Leid in seinen eigenen Gliedern nieder, sodass auch er wider seine Gewohnheiten nicht auf die feinen Geschmacksnoten des edlen Tropfens achtet. Dabei wäre so viel zu erschmecken: Eine feine Note von Orangen tanzt barfuß mit zwei Kirschblüten über ein leicht torfiges, aber sehr blumiges Aromenfeld, bis sie am hinteren Teil des Gaumens wegen einer Spur von Nuss zu straucheln beginnen und, ineinander verwoben, die Kehle hinunterrollen. Doch bleibt ihr prachtvolles Spiel in dieser Stunde banausisch unbeachtet. Tröstend, dass ein Spiel stets nur um des Spieles Willen und nicht zur Begeisterung der Zuschauer gespielt wird, alles andere wäre Wettbewerb oder eben Schau-Spiel, so nehmen Kirsche und Orange das Verhalten der Herren auf die leichte Schulter und zürnen ihnen nicht. Nur was nützt es, denkt die Nuss, wenn ein Lied in allen Dingen schläft und keiner ihm zu lauschen weiß? Eine Frage, die ungehört bleibt und in den Mägen der Konsumenten in ihre einzelnen Buchstaben zersetzt wird.

Im beginnenden Tran und Rausch des Getränks wird nun von beiden die Situation beratschlagt. Und wollte der Bluntschli zunächst noch rational von einer stringenten Teilung des Kapitals und der Firmenrechte abraten, beginnt er schnell zu begreifen, wie atemberaubend erdrückend die Bringschuld auf seines Mandanten Wohlbefinden lastet. In der Eile eines jagenden Windhundes werden dann Verträge ausgearbeitet. Die juristische Validität der notwendigen Passus und der gewählten Formulierungen werden genauestens erörtert und die fertigen Schriftstücke dann auf Papier gedruckt, dessen Qualität so hoch ist, dass sein Gewicht mindestens einhundertachtzig Gramm pro Quadratmeter beträgt und sein Herstellungsverfahren eine mehr als dreihundert Jahre alte schwedische Tradition aufweist. Nach getaner Arbeit öffnet Peter Salmiak in Schnapstrinken eingebettet seinem Anwalt die Hinterpforte, bevor ein jeder seiner Wege geht. Die Zweisamkeit mit seinem Vertrauten tat Peter Salmiak zwar sehr gut, doch kann von psychischer Genesung noch nicht die Rede sein.

In der folgenden Nacht schlummern die fertigen und von Salmiak bereits unterschriebenen Verträge in dessen Nachttischschränkchen, während er die meiste Zeit wacht und vergeblich versucht, die zum Schlafen nötige Ruhe an sich zu ketten. Das für den nächsten Tag anberaumte Treffen mit dem Ideengeber seines Produktes will in seinem Kopf immer wieder im Voraus durchgespielt werden, wird aber ebenso oft durch Bilder des Unfalles aus seinem Kopf verdrängt. Als einmal das Bild des durchbohrten Kopfes vor ihm aufblitzt, schreit Peter lauthals und panisch »Dönerspieß!« und beißt sich danach vor Schrecken über seine morbide Formulierung kräftig auf die Zunge, was für einen stechenden Schmerz sorgt, den er absolut verdient hat. Das einzige, was ihn in dieser Nacht ein wenig beruhigt, ist die trügerische Gewissheit, dass zumindest sein Kopfspuk nach dem Treffen mit Stäbro vorbei sei und er am Tage nach dem Treffen endlich ein für ihn viel wichtigeres Treffen wahrnehmen könne, nämlich jenes langersehnte mit den Chinesen.

Die Zusammenkunft der Vertragsparteien Brommer und Salmiak wird am folgenden Tag schließlich von beiden pünktlich wahrgenommen. Man trifft sich zum Mittagessen in einem schlichten griechischen Restaurant. Ohne viel Brimborium wird Gyros gegessen, kaum geredet und nicht auf die negative olfaktorische Wirkung des Tsatsikis auf den eigenen Atem geachtet. Beide sind sichtlich gerädert und tragen die Noten eines Liedes über Schlafentzug in ihre Erscheinungsbilder tätowiert. Die Verträge werden beiläufig und mit einem cannabinolen Phlegmatismus unterschrieben. Eine Stunde später befragt, hätte keiner der beiden Beteiligten sagen können, ob das Treffen ausschließlich im Traum oder tatsächlich in der Realität vonstattengegangen war, einzig die getrocknete Tinte auf dem Papier spricht eine deutliche Sprache.

Das Erlebte verdauend und für den ach so wichtigen Folgetag Kraft sammelnd, verbringt Peter Salmiak den Nachmittag dann auf Schusters Rappen, die ihn zunächst zur Bank bringen, wo er einen enormen Geldtransfer auf das Konto eines Herrn Brommer anweist. Dann traben sie ihn durch den Stadtpark, galoppieren ihn durch die Fußgängerzone und werfen ihn am frühen Abend in seinem Schlafzimmer von ihrem Rücken ab, wo er jetzt auf der Kante seines riesigen Futons sitzt und im Leerlauf auf das Bild starrt, welches ihm der Spiegel entgegenwirft. Er reflektiert sich als Multimillionär, der nur noch halb so reich ist, wie der Multimillionär, der sich vor nicht einmal vierundzwanzig Stunden dort reflektierte. Und doch, denkt er, wird er morgen vielleicht schon mehr als doppelt so reich sein, verglichen mit seinem Kontostand vom Tag zuvor, und dann auch noch reinen Gewissens. »Wenn der Chinese mitmacht!«, sagt er halblaut in den getäfelten Raum, aber auf eine unerschrockene Weise, welche nicht den leisesten Zweifel daran lässt, dass der Chinese mitmachen wird.

<><> 18 <><>

Ganz schön abgegangen ist Boschu und geheult hat er auch, als ich dann mit ihm gesprochen habe. Und dass die anderen es noch nicht wüssten, das mit dem Ende, hat er nicht glauben wollen. Und da seine Reaktion schon so war, wie sie war, bin ich mir sicher: Die anderen sollen es auch gar nicht wissen. Sie sollen einfach so sein, wie sie immer sind. Mit meinem Tod wird sich für mich alles ändern, da soll es bis dahin zumindest so bleiben, wie es ist. Bitte kein Mitleid einfach. Schwer war, ihn zu beruhigen. Vom Geld und Salmiak hab ich nichts erzählt, sonst stünde der wahrscheinlich jeden Tag auf der Matte und wäre sehr nett, damit ich ihn vielleicht in meinem Testament erwähne...

Keiner soll nett sein, keiner soll Mitleid haben, alles soll bleiben, wie es ist.

Dass so große Zahlen auf einen Kontoauszug passen, hat mich dann gewundert.

Dass ich den Notar, der das Testament entgegennahm, bar bezahlte, hat ihn dann gewundert.

Und dann ein bisschen mit Punkerwoche gefeiert, festgestellt, dass der Rasenmähernachbar ein Netter ist. Und Zeitungspapier gewälzt, wartend auf die herbeiproduzierte Kulturnachricht. Die auch sehr schnell kam:

Das unendliche Kerzendrama

Regisseur Guy Bollen ist entsetzt: Bereits zum fünften Mal springt ihm eine Kerze aus dem Ständer. Nun gebe es nur noch eine Bewerberin, die seit dem ersten Casting dabei sei, so Bollen. Nach dieser neuerlichen Umbesetzung erhoffe er sich, das Stück endlich umsetzen zu können.

Und dann: Glücksgefühle. Hannibal Lector vom A-Team liebt es, wenn ein Plan funktioniert. Diese Nachricht war mehr als Liebe. Der Bericht konnte nur Karla Demonski meinen. Sie war seit dem allerersten Casting dabei. Nur, dass sie es damals trotz aller Vorbereitungen verhauen hatte. Meinetwegen. Sie war damals nicht in der Lage gewesen, sich zu konzentrieren, weil, na ja. Sagen wir so. Vielleicht hat sie mich nie geliebt. Also, eigentlich hat sie mich ganz sicher nie geliebt. Ich habe sie geliebt. Und ihr dann eingeredet, dass sie in mich verliebt wäre. Einfach, weil ich es kann. Es war schon egoistisch und in meiner Erinnerung rede ich mir unsere ganze Liebesgeschichte auch ein bisschen schön, aber was hätte ich denn damals tun sollen?

Und als ich dachte, dass unsere Liebe aufgrund des aufgebauten Vertrauens endlich auch echt wäre, habe ich es ihr anvertraut. Die ganze Sache mit der Suggestion, dem Einreden. Ich dachte, dass es neben dem Lügenfundament mittlerweile noch ein echtes geben würde. War dann aber ja nicht so. Alles war eingestürzt. Sie war eingestürzt. Hart aufgeschlagen. Und dann beim Casting von der Rolle. Ihrer

Traumrolle. Und dann bin ich zu ihrem Hund geworden. Ich bekomme das nicht wirklich hin, darüber zu reden. Aber der Plan hat doch funktioniert! Ich habe es doch zum Teufel wiedergutgemacht! Muss ich jetzt trotzdem so jung verrecken? Wo es doch gerade wieder leicht werden könnte…

<><> Andernorts <><>

Eine müde Frau (Karla Demonski) auf einer ansonsten leeren Theaterbühne. Schwarzer Tanzboden ist verlegt. In der ersten Reihe des Zuschauerraumes sitzen ein Regisseur, eine Dramaturgin und der Intendant des Hauses, ansonsten Leere.

Regisseur: Guten Tag, Frau Demonski.

Karla: Guten Tag, Herr Bollen.

Regisseur: Sie wissen ja, welche Probleme dieses Stück und insbesondere die von Ihnen gewünschte Rolle unbegreiflicherweise mit sich bringt. Und Sie wirken ein bisschen angeschlagen. Ihr Auftritt beim ersten Casting zeugte nicht wirklich von nervlicher Stärke. Sind Sie sich sicher, dass Sie die Rolle durchhalten?

Karla: Unbedingt, Herr Bollen.

Regisseur: Und Sie wissen auch, dass Sie als Kerze neunzig Minuten lang keine Kleidung tragen werden und dem Publikum vollkommen nackt ausgeliefert sind, oder?

Karla: Herr Bollen. Ich bin zum fünften Mal bei diesem Casting…

Regisseur: Sie haben recht, aber nach dem ganzen Drama… Wissen Sie, wenn mir der Text und das Stück nicht so wichtig wären, ich hätte längst alles hingeschmissen und möchte jetzt ganz auf Nummer sicher gehen. Wie steht es mit Ihrer Ehrlichkeit, Karla? Warum sind Sie heute so müde? Was haben Sie gestern gemacht?

Karla: Ich bin mir nicht sicher. Anscheinend habe ich es mit dem Alkohol übertrieben, mir fehlt der gestrige Abend. Es war wohl töricht von mir, aber ich habe in letzter Zeit auch kaum zu tun gehabt. Ihr Anruf heute Morgen kam sehr überraschend. Hätte ich mehr Zeit gehabt, wäre mein Zustand jetzt ein anderer. Ich bin quasi direkt aus dem Bett und hier her…

Regisseur: Hmm…
Wir werden schauen. Wenn Sie in diesem Zustand überzeugen, dann wohl erst recht ohne Kater.

Karla lacht verlegen. Der Intendant und die Dramaturgin tuscheln.

Regisseur: Gut, Frau Demonski. Dann zeigen Sie nochmal, was Sie können. Sind Sie bereit?

Karla: Natürlich.

Karla stellt sich steif in die Mitte der Bühne. Ihr starrer Blick heftet sich in den Lichtkegel des Scheinwerfers.

Karla:	Einst zogen zig Bienen…
Regisseur:	Stopp! Halt! Aus! Frau Demonski. Wenn wir schon so ein wenig aufwendiges Kostüm für die Rolle haben, dann sollten Sie es jetzt auch tragen!
Karla:	Selbstverständlich, Herr Bollen.

Selbstbewusst und schnell entledigt sich Karla ihrer gesamten Kleidung, dem Regisseur dabei fest in die Augen blickend. Dann nimmt sie erneut Position ein.

Karla: Einst flogen zig Bienen von Blüte zu Blüte
So rastlos und tapfer und fromm

Während dieser Zeilen vollführt sie eine seichte Drehung um hundertachtzig Grad, sodass sie nun mit dem Rücken zum Zuschauerraum steht

Regisseur:	Halt! Stopp! Wollen Sie mich verdammt nochmal VERARSCHEN? In jeder verschissenen Rollenbeschreibung steht ganz deutlich: KEINE TÄTOWIERUNGEN!! Sind Sie völlig bescheuert, so hier anzutanzen? Womit hab ich das nur verdient! Es ist zum Kotzen!
Karla:	Wie… ich verstehe nicht… was für Tätowierungen?
Regisseur:	Der Biber! DER GOTTVERDAMMTE Biber auf ihrem Rücken! Raus! Alle raus! Nehmen Sie Ihre beschissenen Klamotten und sehen Sie zu, dass Sie sich verpissen, Frau Demonski…

Der Scheinwerfer erlischt, die Dramaturgin beginnt zu weinen. Und als Karla versucht, sich an eine Tätowierung zu erinnern, hört sie genau das gleiche vertraute Brummen in ihrem Kopf, welches sie noch aus der Anfangszeit ihrer Beziehung zu Stefan Brommer kennt.

<><> 20 <><>

Und dann habe ich es nicht mehr aushalten können, abends. Und natürlich war ich mir sicher, dass alles gut gegangen sein musste. Weswegen ich ihr ja auch die erste SMS seit Ewigkeiten schrieb: »Das mit der Kerze. Das habe alles ich für dich gemacht.«

Und woher sollte ich denn wissen, dass ihr Rücken eine Leinwand geworden war?

Dass ich in meinem kurzen Leben noch auf ihre Beerdigung gehen muss, ich hätte das nicht gedacht.

Und sowieso bin ich müde. Und immer wenn ich träume, dann von dem Monolog, den sie so oft neben mir geprobt hatte. Im Liegen, im Sitzen, im Stehen oder hängend an einem Klettergerüst:

Einst flogen zig Bienen von Blüte zu Blüte
So rastlos und tapfer und fromm
Sie trugen nach Hause in endloser Güte
Was sie von den Blumen bekommn

Dann kam er, der Imker, der Züchter der Kleinen
Mit Schutzkleid und Zuckerersatz
Und nahm sich, man glaubt s nicht, den Vorrat der Seinen
Er stahl den Insekten den Schatz

Wie viel Arbeit steckt im Wachs, das meinen Körper bildet,
wie viele Arbeiter bei der Produktion dessen gestorben,
woraus ich geformt?
Ich, zartes Naturprodukt!
Zahllose zarte Blüten in meinem feinen Duft vereint.
Doch wen interessiert es, mich zu schützen, mich vor dem Untergang zu bewahren?
Niemanden!
Wie schön muss ich denn noch sein, dass ihr mich verschonen mögt?
Wie gut muss ich riechen, wie edel mich verhalten?

Ich trage die Zündschnur stets in mir, die mich zu eurem Opfer macht.

Es reicht euch nicht, das Licht zu nutzen, welches euch von der Sonne tagein, tagaus geschenkt wird. Ihr wollt nicht schlafen, müsst immer wachen, und wenn ich dabei verenden muss, dann ist euch das nur recht. Denn so habt ihr mich konzipiert, ihr Hunde, habt mir mein Ende in mein Zentrum eingewoben.
Der Docht unterjocht mich, macht mich zu einem, zu eurem, Objekt, beraubt mich meiner Seele.
Ich will nicht für euch brennen, will euch nicht erleuchten, nicht für euch strahlen, wenn es meinen Tod bedeutet.
Ihr alle werdet sterben. Der einzige Sinn, der euer aller Leben vereint, ist, dass eurer aller Leben dereinst enden

wird. Zum Sterben lebt ihr, zum Sterben zeugt ihr euresgleichen. Und mir wollt ihr selbiges Schicksal aufzwingen, ihr herzlosen Gestalten, damit es euch besser geht.

Für euch werde ich nicht brennen, und wenn es bedeutet, mich in die Fluten zu stürzen, unter Wasser, wo kein Feuer je gewesen.
Und mag mein Wohlgeruch dort auch niemanden erfreuen und bin ich dort den Krebsen auch egal.
Euer Schicksal soll euch das eure bleiben.
Sterbt ihr nur!
Ich lebe ewig.

Wenn ich ein Vöglein wär
Und auch zwei Flüglein hätt
Flög ich zu dir…
Gut. Und dann wär ich da.
Und könnte dir einen zwitschern.
Und vielleicht,
Ja, vielleicht würdest du lachen.
Und ist das nicht der größte Lohn?

Vorwort mit literaturwissenschaftlichen und dubiosen Anmerkungen

Sehr verehrter Leser. Es freut mich, dass Sie bis zu diesem Punkt gekommen sind, Sie den Roman also vermutlich durchgelesen haben. Jetzt wäre es natürlich passender, ein Nachwort zum Buch zu verfassen, da das Buch ja zu Ende ist. Ich aber möchte lieber ein Vorwort schreiben, dass am Ende steht, da ein Vorwort am Anfang sowieso nicht gelesen wird. Wenn Ihnen die Geschichte um den sterbenden Stefan Brommer jetzt also ein bisschen gefallen hat, dann sollten Sie das Buch auf jeden Fall erst mal weglegen, es wirken und schön ausklingen lassen. Wenn Sie später dann noch mal irgendwelche Fragen haben, können Sie sich dieses Vorwort schnappen und Ihr eigenes Bild mit meinen Anmerkungen schmücken. Wenn Ihnen das Buch nicht so gut bzw. gar nicht gefallen hat, dann sollten Sie dieses Vorwort vielleicht direkt lesen, denn es wird Ihnen hoffentlich erklären, warum es Ihnen nicht gefallen hat. Verhält es sich jetzt aber so, dass Sie dieses Buch noch gar nicht gelesen und trotzdem schon das Vorwort entdeckt haben, dann hören Sie bitte an dieser Stelle unverzüglich mit dem Vorwort auf und fangen stattdessen mit dem eigentlichen Buch an, denn dieses Vorwort verrät ziemlich viel über den Inhalt, was Ihnen eventuell die Freude am Selbstentdecken des Stoffes verderben könnte.

Ich will zunächst auf den Titel des Buches eingehen. Wahrscheinlich werden Sie es gehasst haben, dass ich *Kuck* und nicht *Guck* geschrieben habe. Und dann, auf dem Titelbild, direkt oben links, der erste Buchstabe, so ein verdammter Parasit im Gesamtbild. Nur zu gut kenne auch ich es, wenn da etwas Erlaubtes, aber gefühlt Inkorrektes ist. Ich wollte mit der Wahl des Fehlers im Titel absichtlich Leute vom Kauf des Buches abhalten, die über eine derartige Formalität absolut nicht hinwegsehen können – denn wenn es Leuten bei dieser Formalität schon nicht gelingt, dann werden sie einige andere Stellen im Buch ganz sicher formal nicht verkraften. Sie sehen, der Titelfehler, der laut Duden keiner ist, ist durchaus höflich gemeint.

Kommen wir zum nächsten Punkt, den ich ansprechen möchte, nämlich zu dem, was Sie ganz am Anfang des Buches finden, direkt nach dem Titelbild, der freien weißen Seite und der Seite mit Informationen über Umschlaggestaltung, Verlag, Auflagennummer et cetera. Genau. Ich meine das Inhaltsverzeichnis. Sie werden sicherlich festgestellt haben, dass das Inhaltsverzeichnis in seiner Struktur nicht besonders aufschlussreich ist, fast schon ein bisschen lächerlich wirkt. Das habe ich so beabsichtigt, wie auch den Umstand, dass das Vorwort im Inhaltsverzeichnis nicht auftaucht.

Ursprünglich hatte ich für jedes Kapitel eine sehr sprachwitzige Überschrift, teilweise mit illustren Wortspielen, teilweise mit popkulturellen Anspielungen. Diese Überschriften waren allesamt mit großer Sorgfalt gewählt und hatten es eigentlich nicht verdient, gelöscht zu werden. Dann aber überflog ich das fertige Manuskript noch einmal und konnte mich des Eindrucks nicht erwehren, dass diese Überschriften einfach zu viel seien. Zudem hatte ich in meinen bisherigen Veröffentlichungen immer Überschriften und ab und zu muss man ja auch mal was ändern. Aus Freundlichkeit und um Verständnisproblemen vorzubeugen, habe ich immerhin die zwei Handlungsstränge durch verschiedenartige Zählweisen, nämlich Zahlen und Buchstaben, kenntlich gemacht.

Lassen Sie mich jetzt kurz auf die von mir gewählte Sprache eingehen. Wenn Sie meinen letzten Roman *Uhrmacher* gelesen haben, dann werden Sie sich vielleicht wundern, warum Stefan Brommers Beobachtungen so rotzig, wenn auch von Zeit zu Zeit poetisch daherkommen, wo Sie doch eigentlich wissen, dass ich (zumindest ein wenig) besser formulieren kann. Diese Erzählweise ist natürlich dem Charakter und besonders seinem drohenden Ende geschuldet. Der Mann hat einfach nicht so viel Zeit, auch versucht darzustellen durch die ewige Gleichzeitigkeit, in der die Dinge so alle passieren.

Wahrscheinlich gerade, wenn man sich an den doch auch für mich recht umständlichen Stil gewöhnt hat, sich vielleicht sogar ein bisschen damit angefreundet hat, kommt plötzlich das erste Peter Salmiak Kapitel und reißt einen total aus dem Lesefluss; man muss sich wieder neu gewöhnen. Und, wer hätte das gedacht, auch das habe ich mit Absicht gemacht. So ein Roman ist ja kein Zufallsprodukt und lange gärt der Stoff im Kopf, bevor er sich ein Ventil sucht und in die Tastatur gehämmert wird.

Da stellt sich natürlich die Frage, ob man das machen darf, dem Leser so unerhörte Stolperfallen in den Lesefluss zu legen, ihm quasi stellenweise den Genuss am Weitermachen zu verderben. Ich finde: Ja, man muss. Denn, auch wenn man das so nicht denken mag, sind mir die Schicksale meiner Protagonisten nicht gleichgültig. Ich weiß nicht, ob Sie sich das vorstellen können, aber wenn man sich dem Schreiben eines Werkes hingibt, das die Länge einer Kurzgeschichte überschreitet, dann lebt man gezwungenermaßen auch eine ganze Weile mit seinen Protagonisten, dicht an dicht. Man geht mit ihnen ins Bett, sitzt mit ihnen am Frühstückstisch, fährt mit ihnen Auto und so weiter, und wenn der eine plötzlich Darmkrebs hat, dann kommt man auch ins Stocken. Durch den abbrechenden Lesefluss möchte ich dieses Stocken auch bei Ihnen erzeugen. Gut, vielleicht ist mir das nicht gelungen, aber irgendwas wird das ja wohl mit Ihnen gemacht haben, also ist das schon gerechtfertigt. Des Weiteren sind wir sowieso postmodern und dürfen alles. Es ist übrigens so, dass ich selbst dachte, Darmkrebs zu haben, nachdem ich es bei Stäbro habe diagnostizieren lassen. Schon merkwürdig.

Das wollte ich gerade mal noch so zum Lesefluss gesagt haben.

Was mir sonst noch einfällt, sind Dinge, die Sie, wenn Sie nicht der Obergermanist sind, nicht mitbekommen haben werden. Ich selbst bin ja auch kein Obergermanist, lese aber gerne. Hier also noch ein kleiner Appendix zu Büchern und Autoren, die mir mitgespielt haben, als ich schrieb.

a) In Kapitel A gibt es die kurze Geschichte des Gastronomen mit dem unsäglichen Namen *Griebhelm Sackbart*. Der Name seiner Kneipe *Zum Brüllmeyer* ist dem Buch *Na Prost!* von Paul Scheerbart entliehen, in welchem drei Gelehrte nach dem Zusammenstoß der Erde mit einem eisernen Kometen in einer sechskantigen Flasche durch das Weltall sausen. Scheerbart war großer Verfechter von gläsernen Gebäuden, was auch das Aussehen der Kneipe und vieler anderer Glasbauwerkmetaphern erklärt. Paul Scheerbart zu huldigen war mir eine besondere Freude.

b) In Kapitel 11 gibt es eine kleine onomatopoetische Stelle, nämlich das *brrrrrrrt* des Telefons. Dieses habe ich mir bei Micha El-Goehre geborgt, der eine seiner zauberhaften Geschichten mit diesem Laut beginnen lässt. Sie ist erschienen in seiner Textsammlung *Wenn das Leben eine Party ist, sucht mich in der Küche.* In der Geschichte geht es um einen Mann, der gerade einen Fallschirmsprung absolviert, und dabei mit der Person telefoniert, die ihm diesen Fallschirmsprung zum Geburtstag geschenkt hat. Die rasende Abwärtsgeschwindigkeit des Fallschirmsprunges findet sich an dieser Stelle auch im Gemütszustand von Stäbro wieder.

c) Dass der Selbstmord von Serafina Schrenkegart mit einem Brieföffner vonstattengeht, soll an Patrick Henry erinnern, der nach einer berühmten Unabhängigkeitsrede den Selbstmord mit eben solchem Gerät andeutete. Ich selbst bevorzuge in Literatur und Film eher stumpfe Mordinstrumente wie Kantholz, Gummihammer oder ausgerissenes Bein. Mein Highlight: der Feuerlöscher aus dem filmischen Meisterwert *Irréversible*. Im Making-of auf der DVD ist zu sehen, wie aufwendig die Szene gemacht wurde und wie viel bühnenbildnerische und animationstechnische Tricks angewendet werden mussten, damit die Szene so erschreckend rüberkommt, wie sie nun mal ist.

d) Der Name von Peter Salmiaks Anwalt »Georg Bluntschli« ist eine kleine Hommage an Georg

Kreisler, der während der Arbeit an diesem Roman zu meinem tiefsten Bedauern verstorben ist. Über den Bluntschli in Kreislers Lied *Der Bluntschli* heißt es »A Bluntschli ist gefährlich, beschwerlich, entbehrlich«, was meine Ansicht über auf Patentrecht spezialisierte Anwälte sehr gut auf den Punkt bringt. Denn die Idee eines Patentamtes war es ursprünglich, Innovation zu fördern. Die jetzige Rechtslage allerdings macht es für Privatpersonen fast unmöglich, ein Patent anzumelden, geschweige denn, ein Patent zu halten. Wer profitiert? Große Firmen. Ich, als nebenberuflicher Erfinder von zum Beispiel der Schniggerdelle und des großartigen Rampatques bin der Gekniffene.

e) In Kapitel E wird der Taxifahrer an einer Stelle »Taxisardinenbüchsenchauffeur« genannt, was auf meinen Nachbarn und Lesebühnenkollegen Andreas Weber zurückzuführen ist. In seinem ersten Buch *Rotes Sofa* gibt es ein Kapitel mit Taxigeschichten, in denen Herr Weber sehr amüsant aus dem Leben eines Taxifahrers berichtet. Herr Weber fuhr selbst über viele Jahre Taxi und nannte sein Auto, ein alter 190 Benz, stets liebevoll seine »Blechsardinenbüchse«. Wenn ich an Taxifahrer denke, dann gezwungenermaßen auch immer an ihn.

f) Das russische Restaurant *Berlioz* in Kapitel 15 ist nach dem Vorsitzenden der Literaturvereinigung aus Michail Bulgakows Lebenswerk *Der Meister und Margarita* benannt. Die Erscheinung des Restaurants und ihre günstigen Preise sind meiner blassen

Erinnerung an das im Buch beschriebene Restaurant im Literatenhaus geschuldet, nur auf den Türsteher habe ich bewusst verzichtet.

g) Der Ausspruch der Puppe: *ich bin Stäbroboy, die perfekte Puppe,...* ist selbstverständlich ein Zitat von Michael Ende aus dem Buch *Momo*. Ich verstehe übrigens nicht genau, warum Tocotronic auf ihrem Album *Nach der verlorenen Zeit* behaupten, Michael Ende habe ihr Leben zerstört. Mein Tipp wäre eher, dass Tocotronics damaliges Leben von ihren Frisuren zerstört wurde. Ich selbst trage ja auch heute noch eine ähnliche Frisur und weiß, wie oft diese einem im Weg hängt. Wenn man nur mit einem Auge guckt, wird die Welt schnell zweidimensional.

Weitere Anmerkungen:

a) In Kapitel 4 schrappt die LP mit 33 rpm über den Plattenteller. In der ersten Version stand noch 45 rpm, was meinem Verleger nicht so gut gefiel. Er meinte, Cat Stevens Langspielplatten auf 45 rpm zu hören, würde gar nicht gehen. Mein Gedanke war aber, gerade dadurch zu zeigen, wie extraordinär SchauspielerInnen häufig sind. Na ja, wir haben es trotzdem geändert.

b) In Kapitel B ist von einer posttraumatischen Stressverknibbelung die Rede. So etwas gibt es nur deshalb nicht, weil das Wort *Verknibbelung* nicht existiert. Das Wort hat sich der anerkannte Psychiater

Rittmeyer selbst ausgedacht und benutzt es nur in seiner kognitiven Welt, dafür aber ziemlich häufig. Es soll die doch sehr naiv-kindliche Herangehensweise an seine Arbeit verdeutlichen, denn besonders der Fall des Peter Salmiak löst in ihm ja eben jenen wissenschaftlichen Spieltrieb aus, der nahezu jeden Menschen in seiner Kindheit zu wahnsinnigen Experimenten beflügelt. Zudem klingt *Vernkibbelung* ziemlich groovy.

c) In Kapitel 13 ist Stäbro ganz kurz woanders und liegt auf einem Tisch vor Katzenwesen. Natürlich passiert das nur in seinem Kopf. Die Suggestion, die er benutzt, um Menschen umzuprogrammieren, hat er eigentlich ganz woanders gelernt. Wo, spielt keine Rolle. Trotzdem wollte ich unbedingt katzenähnliche Außerirdische eingebaut haben, nur um auf Nummer sicher zu gehen, falls die Aliens, die schon die alten Ägypter und die Mayas besucht haben, zurückkommen, wovon ich fest ausgehe.

d) In Kapitel D gibt es plötzlich ein kursives *Pow*. Mir war in diesem Moment beim Schreiben völlig klar, dass der Rittmeyer jetzt dran glauben muss, und zwar auf sehr bestialische Art und Weise. Da ich den Mann aber wirklich gerne mag, lieber zumindest, als Psychiater, die sich bisher so um mich kümmern wollten, konnte ich an der Stelle nicht direkt weiter schreiben, sondern musste zunächst eine Kneipe aufsuchen und mir den nötigen Mut antrinken. Der Tod von Herrn Rittmeyer ist im Übrigen auch die einzige Stelle, die unter Alkoholeinfluss entstanden ist. Das Wort *Pow* habe ich als Hommage an den *Pow*-Block im NES-Spiel *Super Mario Bros. 3* genommen. Dieser Block ist essentieller Bestandteil des Zweikampfmodus, in dem die beiden Protagonisten des Spieles versuchen müssen, schneller als der jeweils andere fünf silberne Münzen einzusammeln. Diese Münzen schlüpfen immer dann aus einer der zwei im oberen Teil des virtuellen Spielfeldes angebrachten grünen Röhren, wenn es einer der Spieler geschafft hat, eine gegnerische Kreatur erst kopfüber hinzulegen und dann wegzutreten. Das Umdrehen der Kreaturen geschieht, indem die Spielfigur von unten gegen den Block springt, auf dem sich besagte Kreatur gerade befindet. Springt ein Spieler allerdings gegen den *Pow*-Block, rotieren ad hoc alle Gegner und liegen dann wehrlos irgendwo in der Landschaft rum, bereit, zu Münzen getreten zu werden. *Pow*!

e) In Kapitel 14 passiert das meiner Meinung nach Absurdeste, was in diesem Buch überhaupt passiert, nämlich, dass sich drei alte Herren in einer Kneipe Cola-Korn und Butterkuchen bestellen. Eigentlich wollte ich das Kapitel viel kürzer halten, als es im Endeffekt geworden ist. Ich schrieb es im Café Malik, einem meiner vier *Büros*, als sich plötzlich drei alte Herren Cola-Korn und Butterkuchen bestellten. Ich war so schockiert, dass ich, versehentlich ohne zu bezahlen, direkt aus dem Café gerannt bin, um anderen Ortes weiterzuschreiben. Der Butterkuchen allerdings hat mich dabei nicht losgelassen. Sowieso, Backwaren und Cola-Korn – wie unheilvoll kann man seinen Mittwochnachmittag einläuten? Ein bisschen ist es ein Trauma geworden und es fällt mir heute noch schwerer, Bäckereien oder Konditoreien zu passieren. Der Kuchen im Café Malik ist allerdings besser, als der im Buch beschriebene. Vermute ich zumindest, ich selbst bestelle keinen Kuchen, schließe aber aufgrund der Qualität der anderen Speisen darauf.

f) Das Sterben des Taxifahrers in Kapitel E ist einzig dem Spannungsmoment für Salmiak geschuldet. Den *Wetten, dass*-Kandidaten gab es im Übrigen wirklich, aber er war eine völlig andere Person, schließlich ist das hier Fiktion. Da aber die Idee der photographischen Denkweise des Fahrers dem Fernsehen entsprang, entschied ich mich zu einer Hollywood-Todesart aus einem der völlig überflüssigen Sequels zum Film *Final Destination*. Das Perforieren eines Menschen durch TOR-Stangen habe ich in irgendeinem Making-of bei youtube gesehen.